口出し屋お貫《かん》

中島 要

Kaname Nakajima

祥伝社

口出し屋お貫《かん》

目次

装幀　かとう みつひこ
カバー画　中川 学

その一　ふりだし

一

子に先立たれた母親は、年をとっても死んだ子の年を数えるという。

おれんは二十七にして身籠《みごも》ったことすらないけれど、「あのとき、あの人と一緒になっていれば、いまごろはこのくらいの子がいたはずだ」と想像することがよくあった。

今日は三十路《みそじ》前後の冴《さ》えない女が幼《おさな》い娘の手を引いてそぞろ歩く姿を見かけ、妬《ねた》ましさで胸が焼けた。最初の奉公先原田屋《はらだや》の若旦那《わかだんな》に嫁《とつ》いでいたら、きっとあんな子がいただろう。

母親はパッとしないけど、子供はずいぶん見目《みめ》よしだね。父親がよほどいい男か、生《な》さぬ仲かもしれないよ。

子供が「おっかさん」と呼んでいるから、二人が親子なのは間違いない。あの程度の見た目でも亭主と娘がいるというのに、自分はなぜ独《ひと》り身なのか。

おれんは十五で天涯孤独になってから、奉公先を替えながら住み込みの女中を続けてきた。顔は器量よしで評判だった母とよく似ているし、女中奉公が長いおかげで料理や掃除、洗濯はお手の物である。実際、言い寄る男には事欠《ことか》かないが、最後の最後で結ばれない。

いまも男と別れたせいで三年勤めた本所松倉町《ほんじょまつくらちょう》の搗米屋《つきごめや》から暇《ひま》を取る羽目《はめ》になり、昔馴染《なじ》みの口入れ屋を訪ねるところだったのだ。

親がいまも健在なら、実家に帰ってしばらく骨休めもできただろう。

だが、帰る先のないおれんは、昨日から浅草森田町《あさくさもりたちよう》の中宿《なかやど》に泊まっている。早く奉公先を見つけないと、せっせと貯めた大事なお金が逃《あし》げていく。おれんは重い足取りで米俵を積んだ荷車が行き交《か》う浅草御蔵《おくら》の前を通り、天王橋《てんのうばし》を渡った。

辰吉《たつきち》さんが番頭になり次第一緒になるはずだったのに。おっかさんが死んでから、あたしの人生はいいことなんてひとつもないよ。

おれんの母は料理屋の仲居をしており、父は同じ店の板前だった。二人はひとり娘のおれんに甘く、ちょっとしたおねだりはいつも聞いてもらえたものだ。

しかし、おれんが十二のときに母が流行病《はやりやまい》で亡くなると、父の態度が一変した。死んだ恋女房によく似た娘を見たくないのか、勤めている料理屋に泊まり込むようになったのだ。

さすがに月に一度か二度は長屋へ金を届けに来るが、またすぐ店に戻ってしまう。おれんは母を亡くしたことより父の仕打ちに傷ついた。

父が大事なのは母だけで、娘はどうでもいいらしい。自分をかわいがってくれたのは、女房の手前だったのか。

おれんは何度も料理屋に押しかけたくなったけれど、父を怒らせるわけにもいかない。孤独と不安に耐えながら、長屋でひとり父の帰りを待ち続けた。

そして、親子の仲は変わらないまま三年が過ぎたある日、父は料理にケチをつけた客と口論になり、殴《なぐ》られてあっけなく亡くなった。

おっかさんが死んだりしなければ、あたしだっていまごろは所帯を持っていたはずよ。おとっつぁんだっておっかさんが生きていれば、客と揉《も》めたりしなかったわ。

何度となく繰り返した恨《うら》み言《ごと》が今日も胸の中で渦《うず》を巻く。

だが、どれほど嘆《なげ》いてみたところで、死んだ両親は戻らない。この世の無情を噛《か》みしめて茅《かや》町《ちょう》の木戸を過ぎたところで、所狭しと並べられた雛《ひな》人形がおれんの目に飛び込んだ。

今日は三月一日だから、雛人形市をやっていたんだね。いまの今まできれいさっぱり忘れていたよ。

おれんは心の中で独りごち、うららかな春の日差しを浴びる人形の白い顔をじっと見つめた。

雛人形市は二月二十五日から三月二日まで、十軒町《じっけんちょう》、尾張町《おわりちょう》、人形町《にんぎょうちょう》、茅町など、江戸のあちこちで開かれる。噂《うわさ》では十軒町の市が一番大きいらしいけれど、本所で生まれ育ったおれんは茅町に一番馴染みがある。母が生きていたころは、毎年大川《おおかわ》を渡って雛人形を見に行った。

だが、懐《なつ》かしい思い出に浸《ひた》れたのは、ほんのわずかな間だけだ。雛人形は必ず女雛《めびな》と男雛《おびな》が寄り添《そ》っている。人形にさえ連れ合いがいると思ったら、ますますみじめになってしまった。

おっかさんが生きていたころは楽しかったな。金や住むところの心配をせず、毎日笑っていられたもの。

豪華な着物の雛人形は決して安いものではない。ここで品定めをしている人のほとんどは大事な娘や孫のために買い求めるのだろう。身寄りがないのは自分だけだとうつむいたとき、露店の店主に声をかけられた。

「ねえさん、何だいその顔は。うちの人形に文句でもあるのかよ」

不審もあらわなその声におれんはハッと我に返る。慌《あわ》てて首を横に振ると、相手は迷惑そうに手を振った。

「だったら、そんなしかめっ面《つら》で長居をするのはやめてくれ。他の客が近寄って来なくならぁ」

どうやら、自分は知らぬ間に雛人形を睨《にら》みつけていたようだ。おれんは恥ずかしさのあまり顔を覆《おお》って逃げ去った。


口入れ屋は別名「桂庵《けいあん》」とも言い、働き手と働き口を結びつけ、双方から周旋料《しゅうせんりょう》を取る商売だ。

将軍様のお膝元《ひざもと》には他国から多くの人が稼《かせ》ぎに来るし、短気で飽《あ》きっぽい江戸っ子は仕事を替えることも少なくない。そんな連中がてんでに「雇《やと》ってくれ」と押しかけたら、肝心《かんじん》の商《あきな》いの邪魔になる。そこで口入れ屋が間に入り、双方の望みを聞いて仕事と奉公人を結びつける。

しかし、仕事の種類は山ほどある。口入れ屋の中には扱う仕事を絞《しぼ》って多くの人を奉公先に送り込む大店《おおだな》から、子守りや妾《めかけ》に用心棒まで何でも扱う小さな店まであった。

おれんがいま向かっているのは、武家屋敷がひしめく本所の中の横網町《よこあみちょう》にあるやよいやだ。ここはどんな仕事も扱う小さな店で、父の初七日がすんだ翌日、ゴマ塩頭の長屋の差配に連れていかれたのが始まりだった。

――かわいそうだが、おれんちゃんはこれからひとりで生きなきゃならない。口入れ屋の中には、身寄りのない娘を騙《だま》して女郎屋《じょろうや》に売りつけるような店もあるけれど、やよいやの時三《ときぞう》さんなら安心だ。堅《かた》い仕事を世話してくれるから真面目《まじめ》に働くんだよ。どんなにつらいことがあっても、もう逃げ帰る先はないんだから。

差配は長年住んでいた店子《たなこ》の娘にそう告げた。「差配と店子は親子同然」とえらそうに言っておきながら、店賃《たなちん》が払えなくなれば親子でなくなってしまうらしい。薄情な言葉に傷ついて、おれんはいっそう悲しくなった。

やよいやの主人の時三は差配に輪をかけた年寄りで、いかにも頑固《がんこ》そうな面つきだった。差配がお涙頂戴《ちょうだい》とばかりに語るおれんの身の上を黙って聞き、おもむろに店の帳面をめくり始めた。

——そういうことなら、ちょうど雑穀《ざっこく》問屋の原田屋が住み込みの女中を探している。あすこの主人夫婦は善人だから、身寄りのない娘でも嫌な顔はしねぇだろう。骨惜《お》しみをせずに働けば、一生奉公もできるはずだ。ただし、若旦那には惚《ほ》れるなよ。

原田屋の跡取《あとと》りは十八で、役者はだしの二枚目だという。多少やさしくされたとしても勘違《かんちが》いするなと釘《くぎ》を刺された。

——おめぇはよく見りゃ器量よしだし、そろそろ色気づく年頃だ。くれぐれもかなわぬ夢を見て、若旦那を誘うような真似《まね》はしてくれるな。やよいやは身持ちの悪い小娘を送り込んだと、文句を言われるのは御免《ごめん》だぜ。

母が生きていたころは、おれんも人並みに玉《たま》の輿《こし》を夢見たことはある。

だが、父に見捨てられた三年間で甘い夢は捨てていた。頭にきて言い返そうとしたら、素早く差配に耳打ちされた。

――原田屋と言ったら、代々続く大店だよ。ここで時三さんを怒らせたら、せっかくの奉公先がふいになる。

しっかりした大店は奉公人の躾《しつけ》にうるさい分、給金の高いところが多い。何より、潰《つぶ》れる恐れが少ないから安心だと教えられ、おれんは文句を呑《の》み込んだ。そして、浅草諏訪町《すわちょう》の雑穀問屋、原田屋で奉公を始めたのである。

やよいやの主人が言った通り、原田屋の主人夫婦は善人だった。親を亡くしたばかりの十五の娘を憐《あわ》れんで、何かと目をかけてくれた。古株の奉公人にも意地悪な人は見当たらず、ひとり暮らしの心細さに辟易《へきえき》していたおれんにとって、原田屋の大所帯は心強いものだった。

着物は店から与えられるし、髪も他の女中が結《ゆ》ってくれる。おれんが生来《せいらい》の見た目のよさを取り戻すと、男の奉公人はもちろんのこと、若旦那の直太朗《なおたろう》からも頻繁《ひんぱん》に声をかけられた。

いまにして思えば、周りは年下で新参《しんざん》の女中が使いやすかっただけだろう。さもなくば、主人夫婦と同じように憐れんでくれたのか。

だが、当時のおれんは世間知らずの小娘だった。勝手に胸をときめかせ、「若旦那はあたしに惚れている」と都合よく解釈してしまった。時三に釘を刺されていなければ、進んで誘いをかけていただろう。

たとえ身分は違っても、あたしは旦那様とご新造《しんぞ》様にも気に入られている。いずれ若旦那と一緒になり、原田屋の嫁になるんだわ。

おれんは本気でそう思い、一生懸命働いた。

しかし、おれんが二十歳《はたち》になったとき、直太朗の縁談がまとまった。相手は蔵前《くらまえ》の札差《ふださし》の娘だった。

――女中の中では、おれんが一番年も近い。嫁《とつ》いできたらいろいろ世話をしてやってくれ。

笑顔の直太朗に頼まれて、ようやく勘違いに気が付いた。

親のいない女中ごときを跡取りの嫁にするはずがない。主人夫婦にやさしくされて、すっかり思い上がっていた。

パンパンに膨《ふく》らんだ独りよがりの夢がはじければ、後には居たたまれないほどの恥ずかしさしか残らない。若旦那が祝言《しゅうげん》を挙《あ》げる前に暇を申し出たところ、ご新造は理由も聞かずに承知した。

きっと女親特有の察しのよさで、身の程知らずの胸中《きょうちゅう》を見抜いていたに違いない。おれんはご新造の顔をまともに見られず、原田屋を出た足で大川を渡り、やよいやへと駆け込んだ。涙ながらに事情を話せば、時三は「それ見たことか」とうんざりしたように眉《まゆ》を寄せた。

それでも、おれんに頼る先がないことを知っているからだろう。「おめぇが言い寄ったわけじゃねぇし」と、またもや帳面をめくって深川《ふかがわ》の干物《ひもの》問屋、伊豆屋《いずや》の仕事を世話してくれた。

――原田屋で五年も仕込まれたんだ。おめぇも一端《いっぱし》の女中になっただろう。今度は長年できるように、気を引き締めて頑張りな。伊豆屋の主人は四十前の子持ちだからおめぇも惚れたりしねぇだろうが、出入りの商人から「一緒になろう」と言われても、うかうかとその気になるんじゃねぇぞ。

五年前と似たような釘を刺されて、おれんは再びムッとする。

しかし、己《おのれ》の行いを顧《かえり》みれば、言い返せるはずもない。「わかりました」と頭を下げて干物問屋に住み込み四年、その後は本所松倉町の搗米屋、野口屋《のぐちや》に住み込んで三年働き——現在《いま》に至る。

七年前、「若旦那と嫁の仲睦《なかむつ》まじい姿を見たくない」なんて思わずに原田屋で奉公を続けていればよかったのよ。そうすればいまごろは、女中頭《がしら》に納まっていてもおかしくないわ。

雛人形市よりにぎやかな西両国《にしりょうごく》の広小路《ひろこうじ》を歩くうち、またもやおれんの胸に未練がましい「もしも」が浮かぶ。次の仕事が見つかっても、新参者は肩身が狭い。年下の女中に教えを乞《こ》い、顎《あご》でこき使われるのだ。

この十二年、自分は必死で働いたのに、奉公先を替えるたびにふりだしに戻ってしまう。我知らず肩を落とせば、浮かれたやり取りが聞こえてきた。

「おい、聞いたか。大川端《おおかわばた》の桜がようやく咲いたってよ」

「なら、近いうちに花見をするか」

気の早い連中はさっそく花見の相談を始めるようだ。

原田屋では毎年主人一家が奉公人を引き連れて飛鳥山《あすかやま》へ花見に行っていた。きっと、今年も盛大な花見をするのだろう。

伊豆屋も野口屋も花見に行くのは主人一家と番頭、それに女中頭だけだった。奉公先を替えたことで、おれんは原田屋のよさを思い知ったのである。

そういえば、伊豆屋の女中に「原田屋にいた」と教えたとたん、「どうして辞《や》めちまったのさ」としつこく尋《たず》ねられたっけ。「若旦那が嫁をもらったから」とは言えなくて、笑ってごまかしたけれど。

あれからさらに時が過ぎ、自分の境遇はますますみじめになっている。今度こそいい男と所帯を持つか、原田屋に負けない奉公先を見つけないと。

おれんは気を引き締めて、両国橋を渡り始めた。

二

口入れ屋のやよいやは間口の狭い小さな店だ。

目立つ看板どころか油障子《あぶらしょうじ》にも屋号はなく、軒下《のきした》に「口入れ　やよいや」と書かれた木札がぶら下がっているだけである。うっかりそれを見逃して通り過ぎる客が多いという。おれんもたまにしか来ないので、隣の質屋が掲《かか》げる大きな歩《ふ》の駒（質屋の看板）を目印にしていた。

また仕事を世話してほしいと頼んだら、時三《おじ》さんは何と言うかしら。「どうして出替わりまで勤めなかった」と睨まれそうだね。

年季奉公は毎年三月五日が契約の満了日で、出替わりと呼ばれる。あと四日しかないのだから、そう言われても仕方がない。

――おめぇは真面目に働くが、辞め方がいつもまず過ぎる。毎度理由をはっきり言わずに突然暇を申し出たら、雇う側の信用をなくす一方だ。次こそは同じことをするんじゃねぇぞ。

前に言われた小言を思い出し、表戸に伸ばしかけた手が止まる。いっそ違う口入れ屋に行こうかとも思ったが、耳に痛いことを言われても時三のほうが安心だ。

やよいやで仕事を探すのはこれを最後にしてみせる。おれんは肚《はら》をくくって、勢いよく戸を開けた。

「いらっしゃいまし。どういう仕事をお探しでしょう」

予期せぬ女の声に驚いて、おれんは目を丸くする。やよいやの帳場格子《ちょうばごうし》に座っていたのは見覚えのある年寄りではなく、自分より若い娘だった。

一体どうして……まさか、時三さんは亡くなったの？

嫌な予感にうろたえたが、口入れ屋の主人と言えば、酸《す》いも甘いも嚙み分けた食えない年寄りが相場である。ただの留守番に違いないと思い直して、おれんは帳場の娘に声をかけた。

「あの、こちらのご主人はお出かけですか」

「ああ、祖父のお客さんですか」

娘は納得したようにうなずくと、「どうぞ上がってくださいい」と人好きのする笑《え》みを浮かべた。

「あたしは先代時三の孫で、貫《かん》と申します。祖父は二年前に隠居して、あたしがこの店を継《つ》ぎました」

「やよいやを継いだって？　おまえさん、いくつだい」

「今年二十二になりました」

明るい声で告げられて、おれんは混乱してしまう。

時三は七十を超えていたから、隠居をしてもおかしくない。

だが、二十二の小娘に果たして口入れ屋の主人が務まるのか。それに普通は孫の前に、子が跡を継ぐだろう。上がり端《はな》に腰を下ろして「おまえさんのおとっつぁんは」と尋ねると、お貫は苦笑混じりにこめかみを掻《か》いた。

「あたしが八つのときに亡くなりました。その後、祖父に引き取られたんです」

「おや、そいつはおかしいね。あたしは十二年前からやよいやに顔を出しているけれど、時三さんの息子が死んだことも、孫娘を引き取ったことも知らないよ」

頻繁に来ていなくとも、やよいやとの付き合いは長い。おれんが知る限り、時三はずっとひとり暮らしをしていたはずだ。不審もあらわに追及すれば、お貫は決まり悪げに眉を下げる。

「お客さんが知らなくて当然です。あたしは祖父と仲が悪くて、引き取られてすぐ住み込み奉公に出ましたから」

いくら仲が悪くとも、あの時三が親を亡くした八つの孫を住み込み奉公に出すだろうか。ますます疑いを深めれば、お貫はあっさり言い放つ。

「あたしが信用できないなら、よそを当たってくださいな。口入れ稼業《かぎょう》は雇い主と雇われ人、その間を取り持つ口入れ屋の三方の信頼で成り立つんです。あたしを信じてくれない人に周旋できる仕事はありません」

その言葉を聞いた刹那《せつな》、おれんは時三の口癖《くちぐせ》を思い出した。

――口入れ屋は信用で成り立つ商売だ。やよいやなら、いい奉公人を世話してくれる、いい仕事を見つけてくれると信じてくれる客がいてこそ、俺は商売が続けられる。だから、おめぇも奉公先では真面目に働いてもらいてぇ。おめぇがろくでもねぇ真似をすれば、おめぇを信じた俺の顔を潰すことになるんだぞ。

奉公先に行く前に、時三は必ずそう言った。

また「口入れ屋は危なっかしい商売だ」ともよく言っていた。

身内や知り合いに仕事を世話してもらえるなら、わざわざ口入れ屋に頼まない。他国から江戸に来た者や頼れる身内のいない者、もしくは次々仕事を替える者が口入れ屋にやってくる。

その中には素性《すじょう》を偽《いつわ》って商家に潜《もぐ》り込み、盗人《ぬすっと》の手引きをするような悪党が紛《まぎ》れ込んでいる恐れもある。そういう輩《やから》をひと目で見抜かなければならないから、口入れ屋の主人は年寄りが多いのだとも。

――亀の甲より年の劫《こう》ってな。おめぇが嘘《うそ》をついたところで騙されるような俺じゃねぇ。

その言葉を真《ま》に受けて、おれんは時三に嘘をついたことはない。そして、時三の孫を名乗る女の顔を改めてじっと見た。

頭は堅気《かたぎ》の商人らしからぬ櫛《くし》巻《ま》き髪であるものの、着物は地味な藍染《あいぞ》めだ。秀《ひい》でた額《ひたい》と意志の強そうな目元、さらに耳の形は時三に似ているような気がする。

しかも、やよいやを継いですでに二年も経《た》っているとか。ここはひとまず信じてみようと、おれんは作り笑いをした。

「余計なことを言って、気に障《さわ》ったのならごめんなさい。あたしはれんと言って、こちらの先代には大層世話になったんでね。久しぶりに会えると思っていたから、隠居したと言われて驚いたんだよ」

「あら、口入れ屋の客じゃないんですか。祖父は暇に飽かせて、湯治《とうじ》に行っているんですよ。せっかく足を運んでくだすったのに、申し訳ありません」

取ってつけたような言い訳に、お貫が律儀《りちぎ》に頭を下げる。おれんは訪ねてきた理由を切り出しにくくなってしまった。

本音《ほんね》を言えば、五つも下の小娘に仕事の世話を頼むのは気が進まない。このまま立ち去ることもできるけれど、他の口入れ屋を探すのは面倒だ。

やよいやに来れば、すぐに仕事が見つかると思っていたのに。時三さんの跡取りが孫娘とは思わなかったよ。

おれんは心の中で肩を落とし、ようやく仕事を探しに来たことを打ち明けた。

「へえ、そんなことがあったんですか。親を亡くした十五、六の小娘が奉公先の若旦那にやさしくされたら、そりゃ勘違いしちまいますよ。まして、おれんさんは人並み外れた別嬪《べっぴん》だもの」

「おや、うれしいことを言ってくれるね。あんたもそう思うかい」

「ええ、あたしも親を亡くして、八つで住み込み奉公に出ましたからね。じいちゃんの世話にはならないと意地を張った手前、奉公先に慣れるまでは毎日びくびくしていました。そんなときにやさしくされたら、あたしだって岡惚《おかぼ》れしちまいます」

いいや、八つで若旦那に岡惚れはないだろう――おれんは心の中で言い返したが、力強い相槌《あいづち》にだんだん気持ちがほぐれてきた。そのままお貫に乗せられて、話すつもりのなかったことまで口にしていた。

「じゃあ、二つ目の奉公先を辞めたのは、出入りの廻《まわ》り髪結いと別れたせいですか」

「ああ、向こうから口説《くど》いてきたくせに、髪結い床の若後家と一緒になると言い出してね。金輪《こんりん》際《ざい》顔を見たくなくて、すぐに暇をもらったのさ」

おれんは直太朗に振られて以来、早く所帯を持ちたくて仕方がなかった。

もう玉の輿に乗りたいなんて贅沢《ぜいたく》は言わない。身の丈《たけ》に合った相手と夫婦《めおと》になり、かつての両親と自分のように親子で仲よく暮らしたい。

とはいえ、奉公先に心惹《ひ》かれる男はいないし、住み込みの女中は好き勝手に出かけられない。

そんなときに、伊豆屋に出入りしていた髪結いの静六《せいろく》がおれんに声をかけてきた。

――おれんさんを見たときから、気になっていたんだよ。俺は親のいないことなんて気にしねえ。いずれ自分の店を持てるように頑張るから。

静六は二枚目ではないけれど、商売柄か垢抜《あかぬ》けていた。髪結いとしての腕もよく、贔屓《ひいき》にしてくれる客も多い。そんな男に言い寄られたことがうれしくて、ご新造や女中頭の目を盗み、静六の長屋で抱き合った。

ところが、近所の髪結い床の主人が亡くなると、残された女房と一緒になると言い出した。おまけに「所帯を持っても、おれんとの仲はいままで通り」とふざけたことを吐《ぬ》かしたのだ。

たとえ親がいなくとも、便利な浮気相手に成り下がるつもりはない。付きまとわれたら面倒だと、おれんは伊豆屋から逃げ出した。

「なら、三つ目の搗米屋はどうして暇を取ったんです。また男絡《がら》みですか」

首を傾《かし》げて尋ねられ、おれんの舌がぴたりと止まる。

三度目の奉公先である野口屋を辞めたのは、つい昨日《きのう》のことである。初対面のお貫にはさすがに言いづらいものがあった。

しかし、口入れ屋の主人としてはそこが一番聞きたいらしい。いままで以上に目を光らせて、こっちに身を乗り出した。

「おれんさん、野口屋で何があったんです。それを話してくれないと、奉公先の世話はできません」

三年も勤めていたくせに、出替わり目前に辞めたのだ。下手《へた》なごまかしは通用しないと、おれんは重たい口を開く。

「実は、手代の辰吉さんと夫婦約束をしていたんだよ。でも、今年の正月、荷車にひかれかけた坊ちゃんをかばい、辰吉さんがひかれてね。足の骨が砕けちまったのさ」

今年三十七の辰吉は近々番頭になるはずだった。

しかし、野口屋の主人は「歩けない人間を番頭にはできない」と言い出した。

「もちろん、辰吉さんは坊ちゃんの命の恩人だ。野口屋で一生面倒を見るとおっしゃったけど、店のお荷物になった人と所帯を持つことはできないだろう？　あたしが別れを切り出すと、辰吉さんもすんなり承知したんだよ」

以前のおれんなら、ここで暇を取っただろう。だが、またふりだしに戻るのは嫌だったし、三度目の奉公先を世話された際、時三に念を押されていた。

——ひとりぼっちのおめぇが所帯を持ちてぇ気持ちはわかる。だが、伊豆屋のときのように、男沙汰《おとこざた》で辞めてくれるなよ。

おれんだって「次に暇を取るときは、誰かと一緒になるときだ」と心ひそかに決めていた。居《い》心地《ごこち》の悪さをこらえてその後も働くつもりでいたが、そうは問屋が卸《おろ》さなかった。

「お互い納得ずくなのに、他の奉公人があたしを白い目で見るんだよ。忠義者を裏切った血も涙もない女だって」

奉公人同士の色恋は禁じられているけれど、おれんと辰吉の仲を知る奉公人は多かった。その連中が辰吉に同情して、おれんを悪《あ》しざまに言い出したのである。

——辰吉さんのおかげで、坊ちゃんは助かったのに。

——番頭になれないなら、あんたなんかに用はない。辰吉さんにそう言ったらしいじゃないか。

——とんでもねぇ女だな。

朝夕そんな陰口を叩《たた》かれて、おれんはたまらず暇を取ったのだ。

「まったく、あたしが何をしたって言うんだい。今度こそちゃんとした所帯を持って、幸せになりたかっただけなのに」

「………」

「本当にあたしは運が悪い。あんたもそう思うだろう？」

両親のいないお貫なら、早く家族を持ちたい自分の気持ちがわかるはずだ。ため息混じりに水を向けると、お貫はなぜか眉をひそめた。

「いいえ、運がないのは辰吉さんのほうでしょう」

「何だって」

「人助けをしたのに、惚れた相手に逃げられて。他の奉公人がおれんさんを責める気持ちもわかりますよ」

いままで「うん、うん」と話を聞いておきながら、急に掌《てのひら》を返される。おれんはたちまち不機嫌になり、「どうしてさ」と詰め寄った。

「当の辰吉さんが納得して別れることに承知したんだ。傍《はた》がとやかく言うことじゃないだろう」

「そりゃ、辰吉さんにも男としての意地がある。おれんさんのお荷物になるとわかっていて、別れないとは言えませんよ」

だったら、それでいいじゃないか――おれんがそう返す前に、お貫はじっとおれんを見据《みす》えた。

「もしも逆の立場なら、おれんさんはどう思います。おれんさんが怪我《けが》をして辰吉さんに別れ話を切り出されたら、素直に承知できますか」

思いがけない問いかけに我知らず息を吞む。そんなふうに言われるまで、辰吉の立場で考えたことなど一度もなかった。

「お、男と女は違うわよ。あんただってまともに働けない男と一緒になろうと思わないでしょう」

男に比べて女は弱いし稼げない。足を引っ張るだけの男なら夫婦になる意味がない。むきになって言い募《つの》れば、お貫は首を横に振った。

「死んだうちのおとっつぁんは『色男、金と力はなかりけり』を地で行くような人でしてね。あたしは男に頼って生きようなんて、生まれてこのかた一度も思ったことがありません」

その自信に満ちた微笑《ほほえ》みがひどくおれんの癇《かん》に障った。

そんなことが言えるのは、お貫が二十二にしてやよいやの主人だからだ。我が身ひとつが頼りの自分とは違う。

あたしは奉公先を辞めたとたん、夜寝るところもなくなるんだ。人の苦労も知らないで、えらそうなことを言うんじゃないよ。

そう怒鳴《どな》ってやりたい気持ちを抑《おさ》え、おれんは大きく息を吸う。ここで生意気な娘とやり合ったところで一文《いちもん》の得にもならないとどうにか自分を宥《なだ》めていると、お貫はますます調子に乗った。

「おれんさんがそういう考えなら、住み込みの仕事は回せません。次はもっと早く辞めそうですから」

人の不幸な身の上を根掘り葉掘り聞いておいて、最後にそんなことを言い出すとは。そっちがそういうつもりなら、おとなしく引っ込む義理はない。おれんは勢いよく立ち上がった。

「何だい、えらそうに。あたしもあんたみたいな苦労知らずの世話になんてならないよ」

「おれんさん、あたしは」

「やよいやの主人のあんたと違い、あたしは奉公先を辞めるたびに住まいと寝床もなくしちまう。いまは森田町の汚い中宿に泊まる金があるけれど、ぼやぼやしてたら身を売る羽目になりかねないんだ。頼れるものが何もない女ひとりの生きづらさなんて、恵まれたあんたにわかるもんか」

おれんはお貫の言葉を遮《さえぎ》り、自分の言い分をまくし立てる。そして、お貫の返事を待つことなく、やよいやから飛び出した。

三

小さな武家屋敷がひしめき合う本所において、藤堂《とうどう》家の広大な屋敷は特に目立つ。おれんは長く続く藤堂家の白い塀《へい》を横目に見つつ、両国橋へと歩いていった。

いますぐ別の口入れ屋を見つけなければならないが、質《たち》の悪い店に当たると厄介《やっかい》だ。昼八ツ（午後二時）を過ぎて小腹《こばら》が空《す》いたこともあり、おれんは橋を渡り終えると、広小路の茶店に立ち寄った。

「ちょいと聞きたいことがあるんだけど。この辺の口入れ屋で評判のいいところを知らないかい」

お茶と団子を運んできた十六、七の娘を捕まえて、そっと小銭を握らせる。娘は周囲の様子を気にしつつも、盆を抱《かか》えて首を傾げた。

「口入れ屋ですか？　あたしはあんまり詳《くわ》しくなくて」

「それじゃ、あんたはどういう経緯《いきさつ》でここで働くことになったのさ」

すかさずそう問い直せば、娘はあっさり教えてくれた。

「あたしはこの五軒先にある、吉川屋《よしかわや》って口入れ屋の紹介です。おっかさんがそこの店主と知り合いなので、悪い店じゃないと思いますけど」

娘がそう答えた直後、他の客から声がかかった。娘はおれんに頭を下げ、すぐに客へと駆け寄った。

あまり当てにはならないが、ひとまずその吉川屋に行ってみよう。そこが駄目《だめ》なら、また別の口入れ屋を探せばいい。おれんは団子をすべて食べ終えると、教えられた店に足を運んだ。

店の構えはやよいやより大きくて、看板も掲《あ》げられている。おれんは表戸を開けて「ごめんなさいよ」と声を上げた。

「いらっしゃいまし」

客の訪れに気付いた主人がすぐに帳場格子から出てきてくれた。年は四十前後で恰幅《かっぷく》がよく、柔和《にゅうわ》な笑みを浮かべている。これは当たりかもしれないと、おれんも笑顔で店に上がった。

「実は、住み込みの女中の口を探しているんです」

「さようですか。ところで、うちの店は初めてでございましょう。手前はこの店の主人で、吉川屋作兵衛《さくべえ》と申します。お名前をうかがってもよござんすか」

「あら、ごめんなさい。あたしはれんと申します。こちらは角の茶店の女中さんに教えてもらったんですよ」

作兵衛はおれんの説明に「そうですか」とうなずいた。

「それで、住み込みの女中奉公をお望みとのことですが、住み込みで働いたことはおありですか」

「ええ、十五で親に死なれてから、ずっと住み込み奉公を続けてきました」

「でしたら、どうしてこんな時期に仕事を探しているんです。普通は出替わりまで勤めるでしょう」

声音《こわね》は穏《おだ》やかなままだったが、作兵衛の目つきが鋭くなる。おれんは内心ヒヤリとした。

ここで正直に打ち明けたら、やよいやの二の舞になりかねない。とっさにその場しのぎを口にした。

「あの、ここだけの話ですけれど……前の店は内儀《おかみ》さんの悋気《りんき》がひどかったんです。あたしは旦那さんとの仲を疑われて……」

少々後ろめたかったが、まったくの嘘ではない。野口屋の内儀は家付き娘で、おれんが奉公を始めたばかりのころ、「亭主に色目を使っている」と疑われたことがあったのだ。

その後の真面目な働きぶりで内儀の疑いは晴れたものの、このくらいの嘘は許されるだろう。おれんは心の中で言い訳しながら、作兵衛のほうに膝を進めた。

「もちろん、あたしと旦那さんはそういう仲じゃありません。内儀さんの勘違いなんですけど、目の敵《かたき》にされちまって」

「なるほど、おれんさんは別嬪ですから、そういうこともあるでしょうな。だが、似たような目に遭《あ》いたくなければ、通いの仕事のほうがよろしいでしょう。ひとつ屋根の下で男たちと寝起きを共にすれば、余計な疑いを招きます」

作兵衛の言い分はもっともだが、おれんはその気になれなかった。

母の死後、父に蔑《ないがし》ろにされた三年間のひとり暮らしはみじめで心細かったし、住まいを借りて暮らすには店賃と家財道具が必要だ。返事に困って目をそらすと、作兵衛が咳払《せきばら》いした。

「いずれにしても、うちにはおまえさんに回せる仕事がございません。よそを当たってもらえますか」

いきなり断りを告げられて、おれんの顔から血の気が引いた。

「そんなことを言わず、帳面をめくってみてくださいな。客に仕事を周旋するのが口入れ屋の仕事でしょう。いまは出替わり前だから、仕事の口が少ないのかもしれないけれど」

「ええ、まともな奉公人は出替わりの直前に暇を取ったり、追い出されたりしやしません。つまり、おまえさんはまともな奉公人じゃないってことだ。そんな相手に仕事を回せるわけがない」

おれんが文句を言ったとたん、作兵衛の顔から笑みが消える。それまでの愛想《あいそ》のよさをかなぐり捨てて、あからさまにおれんを見下《みくだ》した。

「おまえさんは内儀の勘違いだと言うが、とても信用できないね。住み込みにこだわるのは男に色目を使うためじゃないのかい」

「何だって」

「そんな女を女中として周旋したら、吉川屋の暖簾《のれん》にかかわる。いっそ、妾奉公でもしたらどうだい。それなら当てがないでもないよ」

まるでいいことを思いついたと言いたげに作兵衛の口の端が上がる。おれんは「冗談じゃない」と目を吊《つ》り上げた。

「あたしはいつも真面目に働いてんだ。こっちから色目を使ったりするもんか」

いつだって男のほうからおれんにちょっかいを出してくる。鼻息荒く言い返せば、作兵衛に鼻で嗤《わら》われた。

「だったら、どうしてうちに来たんだ。いままで使っていた口入れ屋があるだろう」

痛いところを突かれてしまい、おれんは唇を嚙みしめる。作兵衛はこれ見よがしにふんぞり返った。

「どうせ奉公先を怒らせて、相手にされなくなったんだろう。飛び込み客の嘘八百に騙されるようなあたしじゃない。わかったら、とっとと出ていきな」

野良犬を追い払うように手を振られ、おれんは身を震わせる。せめてもの腹いせに「こんな店、二度と来るもんか」と捨て台詞《ぜりふ》を吐き、吉川屋を後にした。

どうして、こんなことになったんだろう。やよいやに行けば、すぐに仕事が見つかるはずだったのに。

おれんは行きも通った浅草御蔵の前を重い足取りで歩いていた。

時が経つに従って吉川屋への怒りの波は引き、代わりに不安が押し寄せる。広小路からここに来る間も何軒かの口入れ屋を見かけたけれど、入ってみる気にはなれなかった。

――おめぇは真面目に働くが、辞め方がいつもまず過ぎる。毎度理由をはっきり言わずに突然暇を申し出たら、雇う側の信用をなくす一方だ。次こそは同じことをするんじゃねぇぞ。

かつて時三が言っていたのは、こういうことだったのだ。せめて出替わりまでは辛抱《しんぼう》すべきだったと悔やんだものの、おれんは仲間の陰口以上に辰吉と顔を合わせるのがつらかった。杖《つえ》に縋《すが》って歩く姿を見るたびに、やり場のない怒りと悲しみと、申し訳なさに襲われた。

こんな未来があるとわかっていたら、原田屋を辞めたりしなかった。あのまま奉公を続けていれば、髪結いの静六に裏切られることも、野口屋に奉公して辰吉と知り合うこともなかったのだ。

もしも七年前に戻れたら、決して暇を取ったりしない。若旦那のことはきっぱりあきらめ、嫁にも笑顔で仕《つか》えるのに。おれんはお馴染みの後悔に沈みながら中宿のある森田町を通り過ぎ――気が付けば、原田屋の前にいた。

お天道様《てんとう》は西に傾《かたむ》き始め、道行く人の影が長くなる。

大川端に近いこの界隈《かいわい》は、複数の蔵を持つ大店が多い。原田屋を辞めてから近くまで来たことはあるけれど、店の前を通ったことはなかった。

昔と変わらぬ紺《こん》の暖簾をおれんがじっと見つめていると、不意に聞き覚えのある声がした。

「おや、もしかして、おれんかい」

名を呼ばれて振り向けば、かつて恋い焦《こ》がれた原田屋の直太朗が小僧を従えて立っている。おれんは思わず口を押さえて、目を瞠《みは》った。

昔から役者はだしの色男だったけれど、三十路になって貫禄《かんろく》が増し、男振りが上がったようだ。以前は紺の着物を好んでいたが、いまは茶の大島《おおしま》に揃《そろ》いの羽織《はおり》を着ている。色里にでも遊びに行けば、女が放っておかないだろう。

ずっと会いたいと思っていた人にばったり巡り合うなんて……きっと天の神様があたしを憐れんでくれたんだよ。

若旦那に会うとわかっていたら、もっときれいにしてきたのに。いや、いまはともかく長らくの無沙汰《ぶさた》を詫《わ》びないと。

おれんは慌てて頭を下げたが、言葉が喉《のど》につかえてしまう。そんなこっちと裏腹に、直太朗は落ち着いていた。

「元気そうで安心したよ。突然暇を取ったから、どうしているのか気になってね」

やさしい言葉をかけられて、おれんは涙ぐみそうになる。やっとのことで「その節はご迷惑をおかけしました」と声に出せば、男らしい顔に苦笑が浮かんだ。

「ところで、いまはどこでどうしているんだい。私は子が二人生まれてね。どっちも男の子なんだ」

どうやら、札差の娘との夫婦仲は円満らしい。かすかな胸の痛みを押し殺し、おれんは自分の窮状《きゅうじょう》を訴えた。

「お恥ずかしいことですが、つい先日奉公先から暇を取ったばかりなんです。それで……もしよかったら、また雇ってもらえませんか」

自分は七年前よりも女中としてはるかに成長している。昔より役に立てると申し出れば、直太朗の眉間《みけん》にしわが寄った。

「それは本気で言っているのかい」

「はい、以前にも増して一生懸命働きますから」

勢い込んで頭を下げると、直太朗は笑い出した。

「少しは反省しているかと思いきや、また雇ってくれとは恐れ入ったよ」

「あ、あの……」

「あれほどよくしてやったのに、私の祝言の前に理由《わけ》も言わずに暇を取っておいて。よくそんな図々《ずうずう》しい口が叩けたね」

笑いを引っ込めた直太朗に睨まれて、おれんの喉が詰まったような音を立てた。

いくら言い訳したくとも、正直に打ち明けるわけにもいかない。パクパクと口を開け閉めすることしかできなかった。

「遅ればせながら、ようやく謝りに来たと思ったら……奉公先の祝い事に水を差した恩知らずをまた雇うはずがないだろう。その顔を二度と見せないでくれ」

直太朗は憎々しげに吐き捨てて、小僧と店の中に入っていく。おれんはややして我に返り、ふらふらと森田町を目指して歩き出した。

まさか、若旦那にあれほど恨まれていたなんて……暇を取りたいと申し出たとき、ご新造様はすんなり承知してくださったのに。

きっとご新造はおれんの気持ちを知りながら、息子に悪く言ったのだろう。直太朗はかわいがっていた年下の女中に裏切られたと思ったのだ。

「あたしはいつも真面目に働いているのに、どうしてこうなっちまうのさ」

赤い西日がまぶしくて、おれんはたまらず泣きたくなった。

天涯孤独となって十二年、女中の腕は上がっても、立場も給金も上がらない。奉公先を逃げ出すように辞めるせいで、いつもふりだしに戻ってしまう。

いや、十五のときは差配と時三がいたけれど、いまの自分には誰もいない。やよいやは代替わりして、初めての口入れ屋には相手にされず、頼みの直太朗には「二度と顔を見せるな」と言われてしまった。

この先、自分はどうなるのか。

新たな仕事を見つけることができるのか。

途方に暮れて中宿に戻ると、なぜか女将《おかみ》に呼び止められた。

「ああ、やっと帰ってきたね。あんたに会いたいという客が一刻《いっとき》（約二時間）も前から待っていたんだよ」

言われたことが呑み込めず、おれんは目をぱちくりさせる。

一体、どこの誰が何の用で訪ねてきたのか。そもそも、自分がここにいるとどうやって知ったのか。眉間にしわを寄せて考えてみたけれど、どうしても客の正体が思いつかない。

おれんが覚悟を決めて自分の部屋の襖《ふすま》を開けると、お貫が待ちくたびれたように座っていた。

四

「ああ、よかった。帰りが遅いから心配していたんです。おれんさんは年のわりに世間知らずだから、変な口入れ屋に捕まったのかと思いました」

人を心配するふりで小馬鹿にする櫛巻き娘を、おれんは二度見、三度見する。そして見間違いではないとわかった瞬間、後ろ手で勢いよく襖を閉めた。

「ちょいと、どうしてあんたがここにいるのさ」

「もちろん、おれんさんに話があるからです。最後まで聞かないうちに怒って帰っちまうんだもの」

「だ、だけど、どうしてここにいると」

「去り際《ぎわ》に自分で言ったでしょう。いまは森田町の汚い中宿にいるって」

涼しい顔で答えられ、おれんはこめかみに手を当てる。そういえば怒ってやよいやを飛び出す間際、そんなことを言った気がした。

しかし、喧嘩《けんか》別れした客にいまさら何の話があるのか。吉川屋と直太朗に心を折られた後でもあり、おれんは疑心暗鬼になっていた。

「ふん、あんたもずいぶん暇なんだね。わざわざここまで追いかけてきて、ろくでもない話を聞かせようとするなんて」

「人聞きの悪い。何も話していないのに、ろくでもない話と決めつけないでくださいな」

「言われなくとも察しはつくさ。住み込み女中は無理でも、妾の口ならあると言いに来たんだろう」

吉川屋のいけ好かない顔が頭をよぎり、おれんは思い切り吐き捨てた。

やよいやではさも金がなさそうに振舞ったが、自分の胴巻きには十二年かけて貯《たくわ》えた命の次に大事な五両がある。いますぐ働き口が見つからなくとも、自分は生きていけるのだ。心の中で啖呵《たんか》を切れば、お貫は食えない笑みを浮かべた。

「おあいにくさま。あたしは楽に稼げる妾ではなく、通いの女中にならないかと言いに来たんです」

予期した話と異なる流れにおれんはとまどった。

吉川屋にも「通いにしろ」と言われたが、こっちは十五からずっと住み込みで働いている。気が進まないと表情で示せば、お貫はおもむろに指を一本立てた。

「どうせ、住み込みだと店賃がかからないとか、布団《ふとん》や鍋釜《なべかま》を買わなくてすむとか思っているんでしょう。でも、仕事の片手間にいい男を見繕《みつくろ》い、すぐに所帯を持たれてごらんなさい。おれんさんを世話したこっちの顔が潰れるんです」

「………」

「通いの女中なら、所帯を持っても仕事は続けられます。住み込みよりもはるかに自由が利《き》くし、手っ取り早く男女の仲を深められる。それに夫婦別れをしたとしても、仕事があれば食べていけます。おれんさんは別嬪なんですから、いくらでもいい男に出会えますって」

そう言われれば、確かに通いのほうがよさそうだが、おれんはなかなかうなずけなかった。

「あんたの言い分はもっともだけど、あたしはひとりで暮らすのは嫌なんだよ」

狭い長屋のひとり暮らしは、帰らぬ父を待ちわびたつらい日々を思い出させる。それが通いを避ける本音だった。

「いい年をしてみっともない、甘えるなと言いたいんだろう。でも、あたしは」

「だったら、うちの居候《いそうろう》になりますか」

長くなりそうな言い訳を遮って、お貫がポンと手を叩く。またもや予期せぬ言葉が飛び出して、おれんは言葉を失った。

「もちろん、食い扶持《ぶち》は払ってもらいますけど、店賃はおまけしてあげましょう。布団は祖父のがありますし、鍋釜も用意しなくてすみますから、大分安くつきますよ」

何もかも自分に都合のいい申し出をされて、にわかに信じられなかった。

やよいやとは長い付き合いとはいえ、自分とお貫は初対面だ。しかも、さんざん喧嘩を売ったのにどうしてそこまで世話を焼く。

「……あんた、気は確かかい」

半信半疑で確かめれば、お貫は「もちろん」とうなずいた。

「昼間はどっちも仕事があるし、顔を合わせるのは朝晩だけです。ただし、うちは宿屋じゃありませんから、飯炊《めした》きや掃除洗濯は手伝ってもらいますからね」

これだけは譲れないとばかりにお貫の声が大きくなる。

だが、自分が尋ねたいのはそういうことではない。おれんは声を荒らげた。

「そんなのは当たり前じゃないか。あたしが聞いているのは、どうしてただの客にそこまでしてくれるのかってことさ」

「だって、おれんさんはひとりで暮らせないんでしょう。通いの仕事をするには、他に手がないじゃありませんか」

不思議そうに返されて、おれんは思わず息を呑む。

「だからって、初対面の人間を居候させるなんて」

いくら何でもお人好《ひとよ》しにもほどがある。そう心の中で続ければ、お貫はわずかに苦笑した。

「あたしだって誰かれ構わず居候をさせるわけじゃありません。おれんさんは女だし、根が真面目ですからね。しばらくの間、やよいやで寝起きさせても障りはないと見込んだだけですよ」

「ふん、そんなことを言っていいのかい。あたしがあんたの留守にやよいやの金箱《かねばこ》を盗み、姿を消したらどうするのさ」

ありがたい申し出だとわかっていながら、心にもないことを言ってしまう。すると、お貫は声を出して笑い出した。

「本気で金を盗む人はそういうことを言いません。それにうちの金箱はほとんど入っていないんです。おれんさんこそ用心したほうがいいですよ」

「どういう意味さ」

「あたしがお節介な善人だと決めてかかっていいんですか？　胴巻きの中の虎の子をすべて盗まれるかもしれませんよ」

大事な金のありかを見透《みす》かされ、おれんは無言で凍りつく。お貫は楽しげに目を細めた。

「十二年で貯めた金は、締めて五両……いや、その顔つきだともう少しあるかもしれませんね。だったら、あたしよりも金持ちです」

見事に金額まで当てられて、おれんは本気で怖《こわ》くなる。「何で」と震える声で尋ねれば、お貫は顎を突き出した。

「年は若くとも、あたしは口入れ屋の主人です。人を見るのはお手の物と恰好《かっこう》をつけたいところですが、今日はちょいとずるをしました」

おれんが怒って出ていった後、お貫は時三が残した客の覚書《おぼえがき》を調べてみた。そこにはおれんの名と三軒の奉公先と給金の他に、生《お》い立《た》ちやそこから生じるであろう問題まで事細かに書いてあったという。

「毎年の給金がわかれば、貯まった虎の子の額だって見当がつきます。おれんさんは真面目だから、無駄遣《づか》いはしないはずです」

「じゃあ、あたしを居候させると言ったのは」

「盗みを働くほど金には困っていないはずだし、奉公先を辞めた理由を正直に話してくれましたから。とはいえ、じいちゃんの覚書がなかったら、ここまではしなかったと思います」

それでも話がうますぎるとおれんが納得できずにいたら、お貫が困ったように首を傾げた。

「どうしても嫌だと言うなら、無理強《じ》いはしませんがね。おれんさんは自分の何が悪くて、こうなったと思いますか」

「そんなの運に決まっているじゃないか。あたしだって十二までは人並みに幸せだったんだ。おっかさんが亡くなってから、おとっつぁんは人が変わっちまって……おとっつぁんが亡くなると、住んでいた長屋の差配から『これからはひとりで生きていけ』と言われたんだよ」

その瞬間、おれんは世の荒波にたったひとりで放り込まれた。以来、時には絶望しながらも懸命に生きてきたのである。

運以外に悪いところがあるかと、おれんはお貫を睨みつけた。

「あんたは八つで親に死なれたそうだが、時三さんがいただろう。すぐに奉公に出たとしても、藪入《やぶい》りには帰る家があったじゃないか」

「おれんさん、あたしは」

お貫が口を挟みかけたが、おれんはまたもや聞く耳を持たなかった。自分よりはるかに恵まれていることを小娘に思い知らせてやりたかった。

「あんたがやよいやの主人になれたのは、時三さんの孫だからだ。自力で築いた店でもないのに大きな顔をするんじゃないよっ」

八つ当たりを承知で言い放てば、お貫が真剣な顔つきになり「今度はあたしの身の上を聞いてください」と言い出した。

やよいや時三のひとり息子にしてお貫の父である春平《しゅんぺい》は、十四、五のころから町内でも有名な美男子だったそうだ。頬《ほお》を染めた娘たちが「仕事を探している」という口実で、足しげく店にやってくる。そして、春平が十九のときに、そういう娘のひとりといい仲になったという。

「それを知ったじいちゃんは慌てて別れさせようとしたけれど、盛り上がっている若い二人は言うことを聞かない。翌年おとっつぁんは家を飛び出して、おっかさんと所帯を持ったんです」

春平はいずれ時三が折れると見込んでいたが、時三のほうが一枚上手《うわて》だった。江戸中の口入れ屋に手を回して息子に仕事を与えないようにしたのである。

「働かなければ、金は手に入りません。どん底の貧乏暮らしの中で、おっかさんはあたしを産みました」

かわいい孫の顔を見れば、今度こそ二人の仲を許してくれる。春平はそう期待したが、時三は甘くなかった。「そんな女の産んだ子を俺の孫とは認めない。いますぐ別れなければ、勘当《かんどう》する」とより厳しいことを言い出した。

春平は即座に断ったけれど、お貫を産んだ母親は赤ん坊を残して姿を消した。それを知った時三は「赤ん坊を養子に出して、戻ってこい」と息子に言ったらしい。

当時、春平は二十一の若さだった。

邪魔な赤ん坊さえいなければ、嫁になりたい娘はいくらでもいる。時三は一からやり直させたかったのだろうが、当の本人が抗《あらが》った。「お貫を手放すくらいなら、こっちからおとっつぁんと縁を切る」と喧嘩別れをしたそうだ。

「乳飲《ちの》み子《ご》を抱えるおとっつぁんはますますまともな仕事に就《つ》けなくなった。見た目に惚れて寄ってくる女たちはいるけれど、あたしばっかりかわいがるから、愛想を尽かしていなくなる。そんな暮らしの中でも、おとっつぁんから『おまえさえいなければ』と罵《ののし》られたことはありません。どんなに貧しい暮らしをしていても、『おまえは俺の宝物だ』と頭を撫《な》でてくれました」

その後、春平が亡くなって、お貫は時三に引き取られた。しかし、互いに相手を見る目は冷たかったという。

「じいちゃんにしてみれば、あたしのせいで大事な息子が死んだと思っている。あたしはあたしで、じいちゃんのせいでおとっつぁんが死んだと思っている。血はつながっていても敵同士のようなものですよ」

そして、お貫は時三の同業である、本所相生町《あいおいちょう》の大黒屋《だいこくや》で下働きをすることになった。

大黒屋は口入れ屋と言っても、武家屋敷に渡《わた》り中間《ちゅうげん》や小者《こもの》を周旋する店だ。出入りするのは強面《こわもて》の男ばかりだし、主人の万平《まんぺい》自身が閻魔《えんま》大王のごとき厳《いか》つい顔をした大男である。時三は八つのお貫が恐れをなして、早々に音《ね》を上げると踏んだのだろう。

だが、お貫は人の見た目に騙されるような子供ではなかった。父にはやさしい顔で言い寄りながら、陰で自分をいじめる女たちを嫌というほど見てきたのだ。最初のうちは男たちのほうがお貫に遠慮していたという。

「何しろ、子供に近づいただけで泣き出されるような連中です。あたしが怯《おび》えないとわかったとたん、ちょくちょくお菓子をくれるようになりましたよ」

楽しげに語られる話の中身におれんはとまどいを隠せない。まさか、時三とお貫の仲がそれほど冷え切っていたとは思わなかった。

「藪入りのときだって、やよいやに帰ったことはありません。おれんさんの考えるような頼りになる身内なんて、あたしにはいませんよ」

「……だとしても、あんたはやよいやを継いだじゃないか。それだけでも、あたしより運がいいよ」

悔し紛れを口にすれば、お貫は気まずそうに目をそらした。

「跡を継いだと言っても、実のところは雇われ店主のようなものですよ」

二年前、身体《からだ》の衰えを感じた時三はやよいやを閉める決心をした。その話を大黒屋の主人にしたところ、「店を畳《たた》むくらいなら、お貫に継がせてやれ」と口添えしてくれたとか。

「でも、じいちゃんは小娘に口入れ屋は無理だと言い張ったので、あたしが『無理かどうか試してくれ』と頼んだんです」

大黒屋の手前もあり、時三はお貫の申し出を承知した。最初の一年余りはお貫のやることなすことにケチをつけていたそうだ。

「いまは江戸を離れて湯治に行くくらいだから、少しはあたしを信用してくれたんでしょう。でも、毎月の儲《もう》けの大半をじいちゃんに渡しているせいで、うちの金箱は空っぽです」

頼りになる身内がいると思いきや、儲けの大半を払っているとは。おれんはお貫に同情し、問いかけずにはいられなかった。

「そんなに苦労をしていたら、我が身の不幸を嘆きたくなるものだろう」

「苦労と言っても、おとっつぁんはあたしにやさしかったので。大黒屋の旦那のおかげで、やよいやだって継げましたしね」

答えるお貫の表情に怒りや恨みは見当たらない。おれんはますます苛立《いらだ》った。

「でも、儲けの大半は時三さんに渡しているんだろう。世間の人たちはもっと」

「おれんさん、世間の人って誰のことです」

間髪容《かんはつい》れず問い返されて、おれんは口ごもる。返事がないのを見て取って、お貫がそのまま話を継いだ。

「世間には金持ちも貧乏人も丈夫な人も病《やまい》の人もいる。おれんさんの言う世間の人は、恵まれた上澄《うわず》みでしょう。そんな人と自分を比べて、自分を憐れんでもいいことなんてありません」

ごもっともな正論におれんはぐうの音《ね》も出なくなる。

それでも、何とか言い返そうと頭をひねっていたところ、お貫が呆《あき》れたような声を出した。

「そうやって自分ばかり憐れんでいるから味方をなくすんですよ。おれんさんは自分の行いで、自分をひとりぼっちにしているんです」

「何だい、年上に向かってえらそうに。あたしはこの十二年、真面目に働いてきたんだよ」

「いくら真面目に働いたって、最後はいつも後足《あとあし》で砂をかけるような辞め方をしてきたでしょう」

それは時三からもさんざん言われてきたことだ。おれんは気まずく目を泳がせる。

「そんなことは……お店《たな》にはちゃんと許しをもらって」

「そりゃ、辞めたいという奉公人を無理に引き止めたりしやしません。でも、突然暇を取ることで、おれんさんは何年もかけて培《つちか》った奉公先での信用を自ら粉々にしたんです。それはおれんさんの父親の仕打ちと変わらないんじゃありませんか」

穏やかな声でありながら、お貫の鋭い問いかけはおれんの胸を貫《つらぬ》いた。

ある日突然、信じていた相手から掌を返される。そのつらさは骨身に沁《し》みてわかっていたのに、自分は父と同じことをしていたのか。

あたしは他人より不幸だから、多少の勝手は許されると思っていた。でも、そんな理屈は相手に通じない。だって、その人があたしを不幸にしたわけじゃないんだもの。

おれんは自分に向けられた直太朗の怒りを思い出し、二十七にしてようやく己の過《あやま》ちに気が付いた。

「……あんたの言う通りだよ。これからは心を入れ替えて、同じところで通いの女中を長く続けるから」

嫌なことがあるたびに身勝手な理由で逃げ出して、ふりだしに戻るのはもうやめる。おれんはお貫の申し出を受け入れ、最後に一応念を押した。

「だけど、本当にいいのかい。こんなことばかりしていたら、ちっとも儲からないだろう」

「仕方ありません。口入れ屋は商売だけど、口出しするのは性分《しょうぶん》なんで」

商売は変えられても、性分は変えられない。ぺろりと舌を出したお貫を見て、おれんは思わず笑ってしまった。

その二　悪縁

一

古着屋にとって、衣替《ころもが》え（四月一日）の前は大事な書き入れ時である。

その締めくくりの三月晦日《みそか》、古着売りの銀次《ぎんじ》は誰もいない空き地に立ち、落ち着きなく辺《あた》りを見渡した。

ここは本所三ツ目《みめ》通り沿《ぞ》いの武家屋敷に囲まれた一画だ。人が絶えない寺社門前《じしゃもんぜん》や商家が並ぶ表通りと違い、めったに人は通らない。そんな商《あきな》いに向かないこの場所から銀次は離れることができなかった。本所一の嫌われ者、十手《じって》持ちの善八《ぜんぱち》に呼び出されてしまったからだ。

せっかくの稼《かせ》ぎ時に呼び出しやがって。善八との悪縁はすっかり切れたと思ったのに、いまさら俺に何の用だ。

何かと十手を振りかざす下膨《しもぶく》れの赤ら顔を思い出し、銀次は頬被《ほおかぶ》りの下で顔を歪《ゆが》めた。

町方同心の手先である十手持ちには、お上の威光を笠に着て悪事を働く者もいる。中でも本所の南で幅を利《き》かせる亀沢町《かめざわちょう》の親分こと「スッポンの善八」は、「ありゃ善八じゃなくて、悪八だ」と常に陰口を叩《たた》かれていた。

善八は繁盛《はんじょう》している商家に因縁《いんねん》をつけて袖《そで》の下をむしり取る。喧嘩沙汰《けんかざた》や掏摸《すり》のような悪事はわざと見逃し、後で口止め料をせしめていた。

その口止め料を払えないと、子分のようにこき使われる。銀次も善八に目をつけられた運の悪い人間のひとりだった。

いまでこそ薄汚れた古着売りになってしまったが、五年前まで江戸三座のひとつ、市村座《いちむらざ》の役者だった。まだ二十歳《はたち》の稲荷町《いなりまち》（大部屋役者）でろくな役にはつけなかったが、太夫元《たゆうもと》から見た目と声のよさを買われていたのである。

――おめぇは手先が不器用だと聞くが、見た目と声がいいじゃねぇか。裏方が難しいなら、いっそ表の役者になれ。

役者になったきっかけは、当時の座頭の一言だった。

銀次の父親は芝居の大道具を作る職人で、銀次も十歳から父親の仕事を手伝っていた。しかし、何をやっても手際《てぎわ》が悪く、見切りをつけられかけていた。

幸い、物心が付いたころから一座の舞台はよく見ている。役者の所作《しょさ》や台詞《せりふ》回しはすぐに覚えられたけれど、初舞台は台詞のない馬の脚《あし》だった。それでも「いずれは立ち回りのできる相中《あいちゅう》役者になってみせる」と、期待に胸を膨らませていたのである。

ところが二十歳の夏、突然の夕立が銀次の人生を狂わせた。傘を持たない銀次が脇目も振らずに走っていたら、長唄の師匠を名乗るお紅《こう》に傘をさしかけられたのだ。

――あたしの住まいはすぐそこだから、この傘を使っとくれ。

親切はありがたいが、それでは相手がびしょ濡れになる。「いや、結構だ」「遠慮しないで」と押し問答をした挙句《あげく》、銀次はお紅の家で雨宿りをすることになった。手拭《てぬぐ》いで濡れた着物を拭いていると、「女のひとり住まいだから、何の遠慮もいらないよ」と露骨に誘いをかけられた。

若くて見た目のいい銀次に言い寄る女はめずらしくない。お紅は流し目が色っぽい中年増《ちゅうどしま》だったので、迷わず据《す》え膳《ぜん》を頂《いただ》いた。そのままずるずる付き合い続けたある日、大伝馬町《おおでんまちょう》の油問屋、三河屋《みかわや》の主人がお紅の家に乗り込んできた。長唄の師匠とは名ばかりで、本業は三河屋の妾《めかけ》だったのだ。

意図せず間男《まおとこ》になった銀次が呆然《ぼうぜん》としていると、お紅は仁王立《におうだ》ちの旦那《だんな》に縋《すが》り、「この男があたしを手籠《てご》めにした」と涙ながらに訴えた。

――その後は「言うことを聞かないと、旦那に告げ口する」と脅《おど》されて……あたしは旦那に捨てられたくない一心で言いなりになっていたんです。ええ、嘘《うそ》じゃありません。あたしを信じてくださいまし。

とんでもない嘘八百に銀次は慌《あわ》てて言い返した。「誘ってきたのは、お紅のほうだ」「旦那の妾だなんて知らなかった」と血相《けっそう》を変えて訴えたものの、憎い間男の言い分に耳を貸すような男はいない。銀次ひとりが責められて、市村座から追い出されたのである。

――三河屋の旦那は、うちの大事な金主《きんしゅ》のひとりだ。大事な花を盗んだ野郎を置いておくわけにはいかねぇ。

太夫元は妾の嘘と知りながら、あえて金主の顔を立てた。銀次としては父親が一座で働いている手前もある。涙を呑《の》んで市村座を去り、知り合いのいない本所で心機一転、古着の行商《あきない》を始めた。

銀次は声がいいし、客の機嫌を取るのもうまい。すぐに人気の古着売りになったものの、古着がぶらさがった竹馬は重い。一日担《かつ》いで回っていると、日暮れ間近には膝《ひざ》が笑い、肩や腰の痛みもひどかった。

おまけに貧しい女たちにこびへつらい、常に機嫌を取らねばならない。それが銀次の矜持《きょうじ》を削り、日に日に苛立《いらだ》ちを募《つの》らせていった。

どうして俺がこんなみじめな思いをしなくちゃならねぇ。本当ならいまごろは人気役者になって、女たちにちやほやされていたはずだぜ。

市村座を追われて三年が過ぎてもお紅や三河屋への恨《うら》みをくすぶらせていたら、善八に声をかけられた。

——おめぇも気の毒になぁ。お紅みてぇな性悪《しょうわる》に引っかかって。ここはいけすかねぇ金持ちと妾に一泡《ひとあわ》吹かせてやらねぇか。

銀次が甘い言葉をかければ、女はみなのぼせ上がる。その特技を使って三河屋の女中からお店《たな》の秘密を聞き出して、強請《ゆす》ってやろうというのである。

——どこの大店《おおだな》も他人には言えねぇ後ろ暗いところがあるもんだ。おめぇが三河屋の女中を誑《たぶら》かしてくれりゃ、後は俺がうまくやる。まんまと金を巻き上げたら、仲よく山分けしようじゃねぇか。

——俺が探りをいれたところじゃ、お紅はまた新しい男を連れ込んでいやがるぜ。あの太《ふて》ぇアマをこのままにしておくつもりかよ。

十手片手に誘われて、銀次はついその気になった。三河屋の女中に擦《す》り寄って商売敵《がたき》に嫌がらせをしていることを突き止めると、善八が主人を脅して見事に金を手に入れた。

お紅は十手片手に脅されたその日の晩に、江戸から姿を消したという。どうやら、浮気相手と組んで美人局《つつもたせ》をしていたようで、後でそのことを知った善八は地団太《じだんだ》を踏んで悔しがった。

ともあれ、銀次は望み通り恨みを晴らしはしたものの、また市村座の舞台に立てるわけではない。おまけにたやすく金を得られたことですっかり味をしめてしまった。

足を棒にして古着を売るより、女中に言い寄って大店の弱みを聞き出すほうが金になる。銀次はその後も善八と組み、目を付けた大店から金を巻き上げた。

しかし、いまから半年余り前、手代と浮気をしていた大店の内儀《おかみ》が亡くなった。善八に口止め料を求められ、その金が払えずに首を吊《つ》ったのである。表向きは「突然の病死」として弔《とむら》われたが、浮気相手の手代は通夜の晩に姿を消したとか。

――口止め料も払えねぇなら、不義などしなけりゃいいものを。ああ、おめぇが口説《くど》いた女中は、死んだ内儀が自分のせいで強請られていたとは知らねぇからな。金輪際《こんりんざい》近づくなよ。

いままでは商家の主人を強請っていたので、金を払えない者はいなかった。善八は「とんだ見込み違いだった」と、忌々《いまいま》しげに舌打ちする。

――大店の内儀がたかが五両の金も自由にできねぇとは思わなかった。こんなことなら最初《はな》から主人を脅せばよかったぜ。いや、いまからでも遅くはねぇか。

善八はぶつぶつ呟《つぶや》きながら、さらなる強請《ゆすり》を考えている。その血も涙もないやり口に銀次は恐ろしくなった。

自分は三河屋のせいで、役者としての人生を失った。似たような大店から多少の金をもらったところで、その店が潰《つぶ》れるわけではない。自分が失った華《はな》やかな未来に比《くら》べれば、大したことではないはずだ。まさか、自分のしたことで人が首をくくるなんて夢にも思っていなかった。

銀次はすっかり怖気《おじけ》づき「もうやめたい」と申し出たが、根っから悪党の善八は聞く耳を持たない。「さんざん強請の片棒を担いでおいて、いまさら何を言ってやがる」と、またもや大店の女中を口説くように命じられた。

しかし、内儀の死を知って以来、夜ごと夢枕に恨めしそうな女が現れる。銀次はすっかり面《おも》やつれをして、口説き文句にも力が入らない。狙《ねら》った女中は銀次に夢中になるどころか、迷惑そうな顔をする始末である。

これでは店の秘密を探るどころか、逆に警戒されてしまう。善八も銀次に見切りをつけ、「もう手を引け」と言い出した。

以来、善八からの呼び出しはなく、自分はお役御免《ごめん》になったと思っていた。ところが昨日の夕方、善八の子分から「明日の昼八ツ半（午後三時）に本所三ツ目通り沿いの空き地に来い」と耳打ちされたのである。

すでに約束の刻限は過ぎたけれど、善八はまだ現れない。どうかこのまま来ないでくれと、お天道《てんと》様に祈ったときだった。

「おう、待たせたな」

下膨れの十手持ちが片手を挙《あ》げて、ニヤニヤしながら現れた。銀次はため息を呑み込むと、無言で軽く頭を下げる。

「半年ぶりだってのに、ずいぶん愛想《あいそ》がねぇじゃねぇか。首をくくった女のことをまぁだ気に病《や》んでいるのかよ」

「……………」

「俺に言わせりゃ、内儀が死んだのは自業自得だ。手代と不義を働かなければ、俺たちに強請られることもなかったんだぜ」

それでも自分たちが強請らなければ、内儀は死ななかっただろう。銀次が黙り続けていると、善八は面白くなさそうに舌打ちした。

「おめぇだってそうだ。いまさら善人ぶったところで、俺と組んで大店を強請ったことはなくなりゃしねぇぞ」

そんなことは言われなくともわかっている。だからこそ、これ以上悪事を重ねたくなかったが、こっちの思いや言い分を汲《く》んでくれるような相手ではない。

自分はこの先も悪事を続け、人の恨みを買い続けるのか。その先に待つのは町奉行所のお仕置きか、自分を恨む女に刺されて死ぬか。ろくでもない自分の末路を思い銀次が拳《こぶし》を震わせると、十手持ちが「だが」と続けた。

「俺だって鬼じゃねぇ。おめぇがどうしてもやめたいと言うのなら、手を切ってやろうじゃねぇか」

思いがけない言葉を聞いて、喜びより不審が先に立つ。目を眇《すが》めて「本当ですか」と問い返せば、善八は笑顔でうなずいた。

「ただし最後にもう一度、女を口説いてもらいてぇ。そいつを落としてくれりゃ、二度とおめぇに関わらねぇよ」

そんな口約束を真《ま》に受けるほど、銀次だって馬鹿ではない。これ見よがしに肩を落とした。

「そいつはありがてぇ申し出だが、いまの俺をよく見てくだせぇ。こんな冴《さ》えねぇ男に騙《だま》される女はいねぇでしょう」

内儀の死から半年が過ぎ、恨めしそうな女の夢を見ることは減ったものの、銀次の顔色はいまも悪く、頬《ほお》はこけたままである。女を見つめて微笑《ほほえ》んだり、思わせぶりなことを口にするのもすっかり苦手になっていた。

しかし、善八は笑顔のまま、「大丈夫だ」と銀次の肩を叩く。

「今度の相手はお節介な女らしい。多少やつれていたほうが、かえって気を引けるだろうぜ」

その女は横網町の口入れ屋、やよいやの女主人で名はお貫。まだ二十二の独《ひと》り者だという。

「お貫と深い仲になったところで、おめぇは江戸を出ろ。俺が旅回りの一座に話をつけといてやる」

「親分、ちょっと待ってくだせぇ。どうして俺が江戸を出なくちゃならねぇんです」

恩着せがましい相手の台詞に銀次が慌てて問い返す。

それに今度に限って大店の女中ではなく、若い女主人を狙うのはなぜなのか。訝《いぶか》しく思っていると、善八の目つきが鋭くなった。

「今度の狙いは金じゃねぇ。お貫の後ろについている大黒屋万平だ」

大黒屋は武家に奉公人を周旋《しゅうせん》する口入れ屋で、お貫は子供のころから住み込みで働いていた。そして二年前に大黒屋の口添《くちぞ》えで、お貫の祖父の店だったやよいやを継《つ》いだという。

「その後も大黒屋は何かとお貫に肩入れしている。俺はそれを知ってピンときたね。お貫は大黒屋の情婦《これ》だってな」

善八はニタニタ笑いながら太い小指をぴんと立て、「俺は今度こそ黒万《くろまん》の泣きっ面を見てぇのよ」と銀次に告げた。

常日頃、町奉行所の威光を笠に着て大きな顔をしている善八だが、二本差には頭が上がらない。

一方、大黒屋は本所の旗本御家人に顔が利く。いまどきは大身《たいしん》旗本でもない限り、供揃《ともぞろ》えに必要な中間小者《ちゅうげんこもの》を常に雇《やと》っている家などない。必要なときに必要な奉公人を大黒屋から雇うのだ。

「大黒屋万平を怒らせれば供がいなくて登城もできず、命より大事な武士の面目《めんぼく》が保てねぇ。黒万の野郎はそんな本所の二本差の弱みに付け込み、何度も俺の邪魔をしやがった」

喧嘩をした若い男に借金を抱《かか》えた器量よし、博打《ばくち》にはまった腕のいい職人など、善八が狙っていた連中が何人も大黒屋の紹介で武家屋敷に奉公してしまった。

逃げ込んだ先が町人の家なら、十手や証文をかざして乗り込める。

だが、武家屋敷ではそうもいかない。それでもあきらめきれずに屋敷のそばで見張っていると、手札《てふだ》を頂く定廻《じょうまわ》りの同心《だんな》からお叱《しか》りを受けたという。

「それ以来、いつか仕返ししてやると手ぐすね引いて狙っていたのよ。黒万は閻魔《えんま》大王みてぇに厳《いか》つい顔をした大男だ。年だってお貫とは親子ほども離れている。おめぇのような若い色男に口説かれりゃ、たやすく目移りするだろう」

そんなことを言われても、銀次だって閻魔大王の恨みを買うなんて真《ま》っ平《ぴら》御免である。「勘弁《かんべん》してくだせぇ」と頭を下げたが、善八に「甘ったれるな」と怒鳴《どな》られた。

「こっちが下手《したて》に出ていれば、図に乗りやがって。あくまで俺に逆《さか》らうなら、市村座にちょっかいを出してもいいんだぜ」

「何だって」

「おめぇの父親はいまでもあすこで大道具を作っているんだろう。おめぇのせいで町方に睨《にら》まれたとわかりゃ、父親も追い出されるかもしれねぇな」

残念ながら、江戸三座は町奉行所の管轄《かんかつ》だ。十手片手に嫌がらせをされても一座の者は逆らえない。

銀次は善八との悪縁を呪《のろ》いつつ、涙を呑んでうなずいた。

二

銀次は本所に越して以来、長崎町《ながさきちょう》の裏長屋に住み、横川《よこかわ》沿いを回って古着を売り歩いている。

やよいやのある横網町は大川に近く、本所と言っても不案内だ。そこで横網町の住人にお貫のことを尋《たず》ねて回ったところ、

――やよいやのお貫ちゃんなら、明るくていい人だよ。人一倍お節介で、何かと口を出すけどね。

――おめぇさん、仕事を探してんのか？　だったら、お貫ちゃんによく相談しな。おめぇさんに合った仕事を世話してくれるぜ。

――お貫ちゃんに浮いた噂《うわさ》？　そんなのあるわけないさ。去年は乳飲《ちの》み子《ご》を預かっていたし、ついこの間も美人の客を居候《いそうろう》させていたくらいだもの。他人の世話を焼くのが忙しくて、自分のことは後回しだよ。

――そろそろ商売だけじゃなく、婿《むこ》取りも考えたほうがいいんだけどな。あんまり呑気《のんき》に構えていると、先代に曾孫《ひまご》の顔を見せられねぇぞ。

言い方は違っても、誰もがみな「お貫はお人好《ひとよ》しでお節介だ」と口を揃《そろ》える。確かにそういう人物でなかったら、赤ん坊を預かったり、客を居候させたりしないだろう。銀次はお貫の善人ぶりに呆《あき》れる一方、大黒屋の情婦とはとても思えなくなっていた。

赤ん坊や美人の居候がいたら、大黒屋との逢瀬《おうせ》の邪魔になる。年齢も親子ほど離れているし、大黒屋は純粋にお貫の後見に違いない。

善八は若い女が好きだから、二人の仲を邪推したんだろう。俺の見込みが当たっていたら、お貫を誑かしたところで大黒屋は吠《ほ》え面なんてかかねぇぞ。俺がお貫に恨まれて、大黒屋の怒りを

買うだけだ。

だが、銀次がそう訴えても善八はきっと相手にしない。「女を騙すのが嫌で、適当なことを言っている」とあしらわれるのが関の山だ。なまじお貫の評判がいいだけに、銀次は気が咎《とが》めて仕方がなかった。

騙すと言っても、金や店を奪うわけじゃねぇ。お貫は年も若いし、大黒屋だってついている。たとえ俺に捨てられたって世を儚《はかな》むことはねぇはずだ。

女に騙されて市村座を追われた自分より、痛手はずっと小さいだろう。自分自身に言い訳しながら口説く手立てを考えた。

仕事を探すふりをしてやよいやに行けば、仕事をあてがわれてそれきりになってしまう。お貫に怪しまれずにたびたび訪れる口実はないだろうか。銀次はさんざん悩んだ末に、いい筋書きを思いついた。


「いらっしゃいまし。どんな仕事をお探しでしょう」

四月十日の昼下がり、銀次はやよいやの敷居《しきい》を跨《また》いだ。

目立たない小さな店に入ると、明るい女の声がした。この十日間お貫を遠目に見てきたが、間近で見るのは初めてだった。

髪は手抜きの櫛《くし》巻《ま》きで、化粧もほとんどしていない。顔立ちは平凡ながら、目元がきりりとしているので、二十二よりも上に見える。着物は紺の麻《あさ》の葉柄《はがら》で、半幅《はんはば》の帯を締めていた。

紅《べに》もつけねぇおぼこい娘に大黒屋が手を出すもんか。善八は大黒屋憎さのあまり、目が曇っていやがるんだ。

銀次は改めてそう思ったが、自分と父と市村座を守るためである。心の中でお貫に詫《わ》びて神妙な顔で切り出した。

「実は仕事ではなく、人を捜《さが》しているんでさ。こちらにお久美《くみ》という十八の娘が仕事を探しに来やせんでしたか」

「おや、何か事情がありそうですね。立ち話もなんですから、まずは上がってくださいな」

お貫は驚いた様子も見せず、すぐに茶を淹《い》れてくれた。銀次はそれを一口飲み、練りに練った嘘八百を語り出す。

「俺は古着売りの金三《きんぞう》と申しやす。お久美は俺の妹ですが、十日前に家を飛び出してから居場所がわからねぇんです」

「おやおや、お久美さんはどうして家を出たんです」

「お久美は女ったらしのろくでなしに夢中になっちまったんです。他に女がいることを教えてやると、怒って男のところに行き、別の女と鉢合わせしたようで……その後の足取りが摑《つか》めねぇ」

これは実際、知り合いの身に起こったことだ。銀次は途方に暮れたふりをしながら、自分と妹が二人きりの兄妹だと訴えた。

「あいつは弱虫のくせに意地っ張りだから、俺に『それ見たことか』と言われるのが嫌で帰ってこねぇに決まっている。やよいやさんは親身になって仕事を世話してくれると評判だから、ひょっとしたらと思いやして」

「なるほど、金三さんの事情はわかりました。でも、お久美さんはもちろん、ここ数日若い娘はひとりも来ていませんよ」

「そうですか。ああ、お久美はどこに行ったんだろう」

銀次はつらそうに顔を歪め、わざと声を震わせる。そして、さりげなくお貫の様子をうかがった。

お人好しでお節介と評判の店主なら、こんな話を聞かされて黙っていられないはずである。きっと、「あたしも一緒に捜します」「あたしにできることがあれば」と言い出すだろう。そうなったらしめたものだと思っていたのに、こっちの狙いに反してお貫はつれなかった。

「そこまで心配しなくとも、大丈夫じゃないですか」

「何だって」

「大店の箱入り娘ならいざ知らず、十八なら一人前の大人です。放っておいても、そのうち帰ってくるでしょう」

筋書き通りに話が進まず、銀次は内心舌打ちする。

乳飲み子や住まいのない客の面倒を自ら買って出るようなお人好しが、まさか家出した若い娘のことを「放っておけ」と言い出すとは。

どうして今度に限ってと、銀次は目を吊り上げた。

「他人事《ひとごと》だと思って適当なことを言わねぇでくれ。傷ついたお久美が身投げでもしていたら、どうしてくれる」

「いきなりやってきて、そんなことを言われても困ります。聞かれたことには答えたんだし、そろそろ帰ってくれませんか」

憮然《ぶぜん》とした顔で言い返されて、銀次は内心うろたえる。ここで喧嘩別れをしたら、やよいやに顔を出せなくなる。やむなく反省したふりで頭を下げた。

「気を悪くさせたなら、申し訳ねぇ。おめぇさんの言い分はもっともだが、俺にはたったひとりの妹なんでさ。今日はこれで帰りやすが、また寄らせてもらいやす」

「あら、何しに来るんです」

「この先、妹がここに来るかもしれねぇでしょう。もしもお久美が訪ねてきたら、いまの住まいを聞き出してくだせぇ。この通り頼みます」

やよいやに来る口実を得ようと、銀次は適当なことを言う。すると、お貫は意味ありげに目を細めた。

「果たして、妹さんが来ますかねぇ」

「きっと来るはずでさぁ。やよいやさんは困っている女客を居候させてやったって評判だもの」

「ああ、おれんさんのことですか。あの人はちょいと訳ありでね。数日前に出ていきましたよ」

「おや、そうでしたか」

「ええ、あたしだって誰かれ構わず居候させるわけじゃない。ところで、金三さんはその評判をどこの誰から聞いたんです」

「ええと、誰だったかな」

ここで「町内の人たちにお貫の評判を聞いて回った」とは言いづらい。銀次がぎこちなくとぼけると、お貫が笑った。

「うちは見ての通り小さな店で、目立つ看板もありません。この近所に住んでいなければ、知っているとは思えませんけど」

言われてみればその通りで、銀次は着物の下で冷や汗をかく。うまい言い訳を思いつけずにいると、お貫の笑《え》みが深まった。

「このところ、あたしのことを聞き回っている見目《みめ》のいい男がいると、町内の人たちからご注進があったんです。妹を捜しているって話はもちろん、金三って名前も口から出まかせなんでしょう?」

「お貫さん、いきなり何を言い出すんです」

銀次は内心青ざめながら、とりあえずしらばっくれた。

しかし、そんなことでごまかされるようなお貫ではない。おもむろに腕を組み、口調を変えた。

「鰹縞《かつおじま》の着物に博多《はかた》帯、背が高くて役者のようないい男、そんな男が何人もこの辺りにいるはずないじゃないか」

こんなことになるとわかっていたら、違う着物を着てきたのに。目を泳がせる銀次にお貫はひとり話し続けた。

「女の独り所帯は物騒だから、いつも用心しているんだ。一体何が狙いで、あたしに近づいてきたんだい」

「………」

「言っとくけど、うちに金はないよ。あたしを誑かして、金を巻き上げようとしても無駄《むだ》だからね」

中《あた》らずと雖《いえど》も遠からずな相手の読みに、銀次はとうとう観念した。

どんなに若くともお貫は口入れ屋を営《いとな》む一人前の商人だ。半人前の古着売りよりはるかに役者が上だったと、銀次は大きく息を吐く。

「おめぇさんの言う通り、いままで言ったことは出まかせだ。俺の稼業は古着屋だが、名は銀次という」

「ようやく正直に白状したね。それで、銀次さんとやら。あんたは何がしたかったんだい」

「十手持ちの亀沢町の善八ってやつを知っているかい？　俺はあの野郎に命じられて、あんたを口説きにきたんだよ」

そして、善八が大黒屋万平に恨みを募らせていること、お貫が大黒屋の情婦だと思っていることを教えれば、お貫が呆れたように天を仰《あお》いだ。

「亀沢町の親分ねぇ。名前は聞いているけれど、どんな人さ」

「とんでもなく嫌な野郎だよ。俺はやつの口車に乗せられて、強請の片棒を担いでいたんだ」

お貫にごまかしは利かないと、銀次はすべて白状した。自分がかつて市村座の役者だったことや、三河屋の妾に騙されて一座を追われてしまったこと。さらに、強請った内儀の死を知って足を洗おうとしたところ、善八から「最後にお貫を口説き落とせ」と命じられたことも。

「近所の連中が口々にあんたはお人好しのお節介だと言いやがるから、お涙頂戴《ちょうだい》の妹捜しってことにしたのによ。世間の評判に騙されたぜ」

最後に憎まれ口を叩いたら、お貫が不満げに鼻を鳴らした。

「そっちこそあたしを騙しに来ておいて、何を言っているんだか」

「いや、それは善八に命じられて」

「進んでやろうと、嫌々やろうと、あたしを騙そうとしたことに変わりはない。それに亀沢町の親分ばかり悪く言うけど、あんただってさんざん女を利用して、甘い汁を吸ってきたんじゃないか」

「それはそうだが……俺はやめようとしたんだぜ」

根っから悪党の善八と同じにされるのは不本意だ。銀次が慌てて言い訳すると、お貫の顔が般《はん》若《にゃ》に化けた。

「やめたら前にしたことがなくなるとでも言うのかい。思う相手が姿を消せば、女がどれほど気を揉《も》むか。それに奉公先の秘密をあんたにしゃべったことがばれたら、主人に暇《ひま》を出されちまうんだ。あんたはそれを承知の上で、女中に言い寄っていたんだろうね」

「だ、だが、俺だって」

「女に騙されたことがあるから、女を騙していいとでも？　ふん、虫のいいことを言うんじゃないよ。それを言うなら、あんたを騙した妾だって男に騙されたことがあるはずだ」

生まれつき嘘をつく子はめったにいない。誰もが誰かに嘘をつかれ、自らも嘘をつくようになる。騙されたことを言い訳にして違う誰かを騙すなと、お貫はぴしゃりと言い切った。

「とどのつまり、あんたの不幸は自業自得さ。あたしはお節介だと言われるけれど、真面目《まじめ》に働く気のない人間の面倒まで見てやるつもりはない。さぁ、今度こそ出ていっとくれ」

話は終わったとばかりに手を振られ、銀次は目の前が真っ暗になる。だが、言われた通りにしっぽを巻いて引き下がるわけにはいかないと、お貫の前で両手をついた。

「おめぇさんの言い分はよくわかる。だが、俺がこのまま帰っちまえば、俺の親父と市村座が夕ダではすまねぇ。おめぇさんは大黒屋の旦那と懇意にしているだろう。大黒屋から町方の旦那に手を回して、善八の十手を取り上げてもらうことはできねぇか」

旗本御家人に顔が利くなら、町方にも伝手《つて》があるはずだ。お上の手先でなくなれば、善八だって大きな顔はできなくなる。切羽《せっぱ》詰まった銀次の頼みに、お貫は「勝手なことを言うんじゃないよ」と素《そ》っ気《け》ない。

「あたしを騙しに来たくせに、うまくいかないと頼みごとかい？　あんたの面《つら》の皮は千枚張りだね」

「…………」

「あたしは女を騙す男なんて大嫌いだ。父親と市村座を守りたいなら、あんたが頑張《がんば》ればいいじゃないか。初対面のあたしゃ見ず知らずの大黒屋の旦那を当てにするのはお門違《かどちが》いというもんさ」

　お貫が怒るのも無理はないが、ここであきらめるわけにはいかない。銀次は必死に頭を働かせた。

「女を騙す男が嫌いなら、なおさら手を貸してもらいてぇ。ここで善八を潰さないと、また強請の種《たね》を見つけるために言い寄られる女が生まれるぞ。十手を預かっている限り、善八は俺の代わりをいくらでも用意できるんだから」

　頭に浮かんだことを並べれば、お貫がわずかに目を瞠《みは》る。

　銀次はとたんに勢いづいた。

「おめぇさんを騙そうとした俺のためじゃない。真面目に働く女たちが悪党に泣かされないように、力を貸してくれねぇか」

　重ねて言えば、お貫の眉間《みけん》にしわが寄る。そして、さも嫌そうに目を眇めた。

「さすがに役者上がりだ。口がうまいね」

　忌々しげに吐き捨てられて、銀次の心《しん》の臓《ぞう》が縮みあがる。

　やはり、騙そうとした相手に縋るのは無理だったか。銀次があきらめかけたとき、お貫がしみじみ嘆息《たんそく》した。

「真面目に働く女のためと言われたら、見て見ぬふりはできないじゃないか」

　不本意そうに告げられて、銀次は畳《たたみ》に額《ひたい》を擦《す》り付けた。

三

本所の隣、深川は岡場所と富岡八幡宮《とみおかはちまんぐう》で有名だ。

四月十三日の朝四ツ（午前十時）、銀次はその富岡八幡宮の門前の茶店に呼び出された。やよいやも大黒屋も本所にあるのに、どうして深川に呼び出すんだ。善八の目が気になるなら、大川を越えた西両国でいいじゃねぇか。

銀次の住む長崎町から富岡八幡宮までは一里（約四キロ）近く離れている。仏頂面《ぶっちょうづら》で歩き慣れた横川沿いを南に進み、小名木川《おなぎがわ》を越え、木場《きば》の前を通って富岡八幡宮門前に到着した。

夜は女郎《じょろう》の嬌声《きょうせい》と辰巳《たつみ》芸者のつま弾《び》く三味線《しゃみせん》が四方から聞こえる界隈《かいわい》だが、いま往来《おうらい》を歩いているのは寺社詣《もう》での善男善女《ぜんなんぜんにょ》ばかりである。銀次は目当ての茶店を見つけ、着物を直して暖簾《のれん》をくぐった。

「やよいやのお貫さんは来ているかい」

「はい、お待ちしておりました。どうぞこちらへ」

心得顔の女将《おかみ》が銀次を二階に案内する。襖《ふすま》を開けて中に入ると、そこにはお貫の他にもうひとりいた。

「銀次さん、いらっしゃい。こちらは美晴《みはる》さんと言って、黒江町《くろえちょう》で三味線の師匠をしているんだよ。美晴さん、この人が昨日話した銀次さん。本所で古着の行商をしているんだってさ」

今日も櫛巻き髪に素顔《すっぴん》のお貫が初対面の二人を引き合わせる。銀次は美晴と呼ばれた女を見るなり、何も考えられなくなった。

年はお貫と同じか、少し若いくらいだろうか。紫に黒い子持ち縞の着物を着こなし、髪は潰し島田《しまだ》に結《ゆ》っている。なぜか機嫌の悪そうなその顔は、びっくりするほど美しかった。長いまつ毛に縁《ふち》どられた黒目がちの右目の下には、色っぽい泣き黒子《ぼくろ》がひとつ。しみひとつない肌は抜けるように白く、鮮《あざ》やかな紅で彩《いろど》られた唇の間からかすかに白い歯が見えた。

何ですこぶるつきのこんな美人がこんなところにいやがるんだ。畜生《ちくしょう》め、俺は何て挨拶《あいさつ》をすりゃあいい。

すっかり度肝《どぎも》を抜かれた銀次が口をパクパクさせていると、お貫の見かねたような声がした。

「銀次さん、早く座っとくれ。あんたが上《うわ》の空《そら》じゃ、善八親分を片付ける話を始められないだろう」

「い、いや、ちょっと待ってくれ。大黒屋はどうしていねぇんだ」

今日は大黒屋万平に会うつもりでここまでやってきたのである。いかつい閻魔様の代わりに色っぽい弁天《べんてん》様がいるのはおかしいだろう。うろたえながら尋ねれば、お貫の眉間も不機嫌そうに狭くなる。

「どうして大黒屋さんの名が出てくるのさ。あたしは大黒屋さんと引き合わせるなんて言っていないよ」

「それじゃ、どうやってやつから十手を取り上げる。まさか、ここにいる三人でことに及ぶつもりじゃねぇだろうな」

銀次は腕っぷしに自信はなく、他の二人は若い女だ。多くの手下を顎《あご》で使う善八にかなうはずがない。血相を変えて食ってかかれば、お貫がうんざり顔で額を押さえた。

「落ち着いてよく考えてごらん。そもそも大黒屋の旦那に十手を取り上げる力があるなら、どうして善八を放っておいたのさ」

「そりゃ……」

面倒だから――と答えかけ、そうではないと思い直す。

善八から逃げる連中をその都度《つど》助けてやるよりも、善八を叩きつぶしたほうがはるかに面倒はないはずだ。答えられなくなった銀次にお貫が諭《さと》すように言う。

「大黒屋の旦那は旗本に借りを作りたくないんだよ。先祖代々借金で苦労しているだけあって、あの連中は下手な商人より計算高い。一度でも借りを作ったら、べらぼうな利息をつけて返す羽《は》目《め》になっちまう」

「だったら、どうして善八の獲物を旗本屋敷に逃がしてやった。それだって旗本に借りを作ることになるだろう」

納得がいかなくて食い下がれば、お貫は小さく肩をすくめた。

「大黒屋は武家相手の口入れ屋だよ。善八に目をつけられた人たちは旗本屋敷でかくまってもらう代わりに、格安の給金で働くんだ。旦那は旗本に借りを作るどころか、むしろ恩を売っていたのさ」

善八から逃れた人たちも大黒屋と奉公先に感謝して、骨惜《お》しみをせずよく働く。双方に恩を売れるため、大黒屋に損はないらしい。

「でも、定廻り同心の手先を辞《や》めさせるとなれば、大身旗本の力を借りなきゃならない。半人前のあたしと違い、大黒屋さんは筋金入りの商人だ。赤の他人のために危ない橋を渡るもんか」

懇切丁寧《こんせつていねい》に説明されて、銀次はようやく納得した。けれども、今度の企《くわだ》ては大黒屋の力を借りることが前提だ。

かくなる上は是非《ぜひ》もねぇ。お貫は大黒屋の妾じゃない、心変わりをさせたところで黒万は蚊《か》に刺されたほども感じねぇと、善八に伝えるか。

相手が聞く耳を持つかわからないが、他にできることはない。銀次はため息を呑み込み口を開いた。

「おめぇの言いたいことはわかった。だが、美晴さんを巻き込んで、色仕掛けで善八をはめるつもりならやめときな。してやるつもりがしてやられ、ひどい目に遭《あ》うに決まってらぁ」

「おや、ぬしはわっちの身を案じてくださんすのか。ほんに、おやさしいお方でありんすなぁ」

不意に告げられた美晴の廓《くるわ》言葉と微笑みに、銀次は呼吸《いき》をするのも忘れてしまう。締まりのない顔で見とれていると、なぜかお貫が苦笑した。

「美晴さん、駄目ですよ。お陽《よう》ちゃんのおっかさんになったとき、二度とありんすは使わないと言ったでしょう」

「ふん、仕方ないだろ。そこの大根《だいこん》上がりがあたしを馬鹿にするんだもの」

花のような笑みは一瞬で消え、美晴は不貞腐《ふてくさ》れた顔つきで顎をしゃくる。コロコロ変わる美晴の態度と言葉遣《づか》いに銀次は混乱してしまった。

「あの、大根上がりってのは……」

「あんたは市村座の稲荷町だったんだろ？　だから、大根（役者）上がりと言ったんだよ」

美晴は早口で言い捨てて、煙草盆《たばこぼん》に手を伸ばす。

大根はいくら食べてもあたらないから、あたらない役者を大根役者という。銀次はさすがにカッとなった。

「そう言うおめぇは吉原《なか》の女郎上がりだろうが。おまけにこぶ付きの分際《ぶんざい》で、えらそうな口をきくんじゃねぇや」

「そう言うそっちは騙そうとしたお貫に泣きつき、善八とかいう悪党を片付けてもらおうとしたんじゃないか。おかげで、あたしまで手を貸す羽目になったんだ。どうぞよろしくお願いしますと、頭を下げたらどうなんだい」

美晴は白い煙を吐いてから、勢いよく言い返す。銀次がさらに言い返そうとすると、お貫が横から「待った」をかけた。

「二人とも落ち着いて、あたしの話を聞いとくれ。まず、銀次さんは美晴さんを見くびり過ぎだ。この人は江戸町《えどちよう》一丁目の大見世、三国屋《みくにや》の花魁《おいらん》だったお人だよ。男を転がすのはお手の物さ」

「へぇ、昔取った杵柄《きねづか》がいまでも通用するかねぇ」

怒りに任《まか》せて憎まれ口を叩いたら、美晴の柳眉《りゅうび》が吊り上がる。銀次が「言い過ぎたか」と思ったとき、お節介でお人好しの口入れ屋が「やれやれ」と呟いた。

「美晴さん、あたしは銀次さんを助けたいわけじゃない。顔のいい男に騙されて、善八に利用される女をなくしたいんだ。美晴さんだって一度は手伝うと言ってくれたじゃないか」

「………」

「それに美晴さんはあたしに借りがある。あたしに頼まれたら、嫌とは言えないはずですよ」

止《とど》めとばかりに言い放たれて、美晴の口がへの字に曲がる。意外にも美晴はお貫に頭が上がらないようだ。

元花魁の三味線の師匠が口入れ屋の女主人にどんな借りがあるのやら。銀次が首を傾《かし》げている間に、美晴はあきらめたように頭を振った。

「もう嫌になっちまう。大黒屋さんが旗本に借りを作らない気持ちがよくわかるよ。タダより高いものはないってね」

そして、美晴は銀次を睨み、「あんたは手出し無用だ」と言い切った。

「ここからはあたしとお貫でやる。あんたは古着売りに励《はげ》むんだね」

「冗談じゃねぇ。この一件は俺が言い出したことなんだぞ」

後からしゃしゃり出てきたやつに命じられる覚えはない。銀次は異を唱《とな》えたが、美晴は一歩も譲らなかった。

「あたしはお貫に借りがあるから面倒な頼みを引き受けたが、あんたのことは気に入らない。あんたが手を引かないなら、あたしは手を引かせてもらうよ」

とたんにお貫が顔色を変え、「銀次さん、美晴さんの言う通りにしてください」と言い出した。

「今度の企ては美晴さんじゃないとできないんだ。銀次さんは善八から十手を取り上げたいんだろう」

「そりゃ、そうだが」

「だったら、美晴さんの言う通りにしてちょうだい。何もしなくてすむのなら、銀次さんだって楽じゃないか」

それでも美晴に指図《さしず》される謂《いわ》れはないと思ったが、万が一にもうまくいったら儲《もう》けものだ。銀次は何とか思い直し、不承不承《ふしょうぶしょう》うなずいた。

四

五月も半《なか》ばになると、うんざりするほど雨が続く。

雨は田植えの終わった百姓にとって「天の恵み」でも、天秤棒《てんびんぼう》や竹馬を担いで売り歩く行商人には仇《かたき》のようなものである。特に銀次のような貧乏人は数日商売ができないだけで、懐《ふところ》が風邪を引いてしまう。

金がねぇってのはつれぇもんだな。善八と大店を強請っていたときは、天気のことなど気にせずに遊んでいられたってのに。

銀次は降りやまない雨にうんざりしながら、「昔はよかった」と思いかけ――我に返ってぞっとした。

強請った内儀が自害したときに震えあがり、二度と悪事はしないと心の底から思ったはずだ。あれから半年余りしか経《た》っていないのに、ちょっと雨が続いただけで何を考えているんだか。一度染《し》みついた心の汚れはなかなか落ちないものらしい。

こういうときはひとりでいるより、誰かと話したほうがいい。そうだ、やよいやに行こうと思い付き、銀次は勢いよく立ち上がった。

深川の茶店で美晴と会い、すでにひと月が過ぎている。何も知らない善八から「早くお貫を口説き落とせ」と急《せ》かされるたび、「お貫の身持ちが堅くって」と苦笑混じりにごまかしてきた。

この雨の中をやよいやに行ったと言えば、善八も納得するだろう。そう思って下駄《げた》を履いたときだった。

「おう、邪魔するぜ。何だ、どっかに出かけるのか」

いきなり腰高障子《こしだかしょうじ》が開き、善八が顔を出す。

子分はここに来たことがあるけれど、本人が来たことはない。本所一の嫌われ者と知り合いであることを隠すため、いつも人目につかないところで会っていた。

今日は朝から雨なので、長屋にいる者も多い。銀次は内心うろたえながら、善八を招き入れて戸を閉めた。

「いまからやよいやに行って、お貫を口説くつもりでした。親分こそ、どうしやした」

「ああ、それならちょうどよかった。やよいやにはもう行かなくていいぞ」

いままでと反対のことを言われて、銀次の眉間にしわが寄る。「どうしてです」と尋ねれば、十手持ちは土間《どま》に立ったままニヤリと笑った。

「お貫はおめぇの手に負えねぇようだから、攻め手を変えることにした」

つまり、別の男をお貫にけしかけるということか。面倒なことになったと銀次は舌打ちしそうになる。

お貫は年に似合わぬしっかり者だ。自分以外の優男《やさおとこ》に口説かれても騙されることはないだろう。銀次は何食わぬ顔をして善八に尋ねた。

「なら、誰がお貫を口説くんです」

「おめぇも察しが悪くなったな。口説くのは身持ちの堅い女主人じゃねぇ。俺はつい最近、とびきりいい女を手に入れたのさ」

あの女に言い寄られて、その気にならねぇ男はいねぇ――得意げに鼻をこすられて、銀次の心が波立った。

「親分、そんなにいい女なんですか」

「おお、吉原の花魁上がりで、震いつきたくなるような別嬪《べっぴん》よ。その女が茶店で出来心を起こしたところに運よく居合わせてな」

周囲の目を気にしながら、女は床几《しょうぎ》の上にあった男物の財布をしまった。それを目にした善八は茶店を出ていく女を追いかけ、声をかけたという。

「置き忘れられた財布を見つけてつい魔が差した、どうか見逃してくれと泣かれたが、そんなのは知ったこっちゃねぇ。たとえ財布の中身が五十文《もん》ぽっちでも、置き引きに違《ちげ》えねぇからな」

千載一遇《せんざいいちぐう》の好機とばかりに善八は十手をちらつかせ、女を観念させたとか。

「すかした黒万の野郎だってあの女なら必ず夢中になる。それからこっぴどく振ってやれば、やつの面目は丸潰れよ。いや、あの女を餌《えさ》にすれば、黒万も俺の言いなりにできるかもしれねぇな」

歯を剝《む》きだして笑う十手持ちから銀次はそっと目をそらす。美晴は怪しまれずに善八の懐に飛び込めたようである。

「お貫はすぐお払い箱になるだろうから、もう口説く意味はねぇ。今日はそれを伝えに来たのよ」

いや、そもそも口説いていなかったと心の中で舌を出し、銀次は恐る恐る善八に尋ねた。

「わかりやした。あの、それで俺との約束は……」

「おめぇと手を切るってやつか？　あんなのなしに決まってらぁ。おめぇはお貫を落とせなかったんだぞ」

善八は鼻で嗤《わら》い、傘をさして立ち去った。銀次はその足音が遠ざかるのを聞きながら、大きく息を吐き出した。

さすがは吉原の元花魁、男を手玉に取るのはお手の物だ。用心深い善八がかけらも疑っていねぇじゃねぇか。

きっと、美晴は善八に近づくためにわざと置き引きをして見せたのだ。その鮮やかな手口に感心しつつも胸に不安がこみ上げる。

これから美晴はどうやって善八の十手を取り上げるのか。途中で気が変わった挙句、善八と手を組んだりしないのか。

俺だって真面目に古着を売るよりも、強請をしていたときのほうが楽だったと思ったくれぇだ。あの女が善八を利用して、楽に儲けようとしてもおかしくねぇ。

吉原の花魁と言えば、嘘をつくのが商売である。銀次は居ても立ってもいられなくなり、雨の中へ飛び出した。


「あら、また来たのかい。気の毒だけど、妹さんなら来ていませんよ」

銀次がやよいやの油障子《あぶらしょうじ》を開けるなり、帳場《ちょうば》のお貫にそう言われた。

その向かいには、口入れ屋の客らしき大柄な男が座っている。間の悪いときに来たと思いつつ、銀次は大げさに肩を落とした。

「そうですか。でも、他にも聞きたいことがありやして」

「だったら、半刻《はんとき》（約一時間）後にまた来てくださいな」

外は雨だが、そう言われては仕方がない。銀次は向かいの蕎麦屋《そばや》で時間を潰すと、ふたたびやよいやを訪れた。さっきの客はすでに帰ったようで、お貫はひとりでお茶を飲んでいた。

「今日、善八がうちに来て、やよいやにはもう行くなと言われた。吉原の花魁上がりに大黒屋を口説かせるらしい」

「ええ、美晴さんから聞いていています」

「それで、これからの筋書きはどうなっている。おめぇや美晴のしていることを大黒屋も承知なのか？　一体どうやって善八から十手を取り上げる」

矢継ぎ早に尋ねたが、お貫は黙ってお茶をすすっている。その涼しい顔が癪《しゃく》に障《さわ》り、銀次は眉を撥《は》ね上げた。

「あの女は本当に信用できるのか？　善八と組んだほうが金になると思ったら、寝返るかもしれねぇぞ」

「そう言う銀次さんこそ、あたしを騙そうとしたくせに。美晴さんのことをとやかく言える立場ですか」

まんまと返り討ちに遭い、銀次は何も言えなくなる。やや して、お貫がお茶を差し出した。

「心配しなくても、美晴さんはあたしたちを裏切りません。これでも口入れ屋ですからね。人を見る目には自信があります」

胸を叩いて請《う》け合われたが、銀次は胡乱《うろん》な目を向ける。確かに、自分の下心をお貫はひと目で見破ったが……。

「相手を信じていいか否《いな》か、どこで見分けるんだよ」

「そんなことを教えたら、口入れ屋の目をあざむく悪党が増えるでしょう。とにかく、美晴さんは大丈夫です。お陽ちゃんのために危ないことも汚い真似《まね》もしやしません」

お陽は美晴の養い子で、今年二つの女の子だとか。お貫は乳の出ない美晴のために、乳飲み子のお陽を一時預かっていたそうだ。

「あたしはやよいやを継いでから、本所で赤ん坊が生まれるたびにお祝いかたがた押しかけて『もらい乳に手を貸してほしい』と頼んで回っていたんだよ。美晴さんは深川だから、毎日本所までもらい乳に来るのは大変じゃないか」

お貫と美晴の関わりはわかったものの、口入れ屋がもらい乳の世話をするなんて聞いたことがない。目を丸くした銀次にお貫は笑った。

「うちのおとっつぁんは、あたしが生まれてすぐ女房に逃げられてね。赤ん坊のあたしが腹を空《す》かせて泣くたびに、乳をくれる人を探して走り回ったんだって。だから何とかしたかったのさ」

乳がもらえなかったら、赤ん坊は死んでしまう。

しかし、乳の出る母親が近所にいるとは限らないし、運よくいたところでひとりの母親から日に何度ももらうのは難しい。その母親にも乳を求める大事な我が子がいる。そこで乳を分けてくれる母親をできるだけ多く集めているという。

「美晴さんはお陽ちゃんを産んだ人と大の仲よしで、いまわの際《きわ》に赤ん坊のことを頼まれたんだって。でも吉原育ちの悲しさで、赤ん坊の世話なんてわからない。見る影もなくやつれちまって、見かねた大黒屋の旦那があたしのところに連れてきたのさ。あたしがお陽ちゃんを預かったのは三月《みつき》くらいだったかねぇ」

悪党を手玉に取る元花魁も、「乳が欲しい」と泣く子にはかなわないということか。銀次は胸がすくと同時に、お貫が「お人好しのお節介」と言われる意味がよくわかった。

「いくら大黒屋の紹介でも、おめぇだって子を産んだことなんてねぇだろう。赤ん坊の世話なんてできたのか」

「できるに決まっているじゃないか。あたしは八つのときから大黒屋で奉公をしていたんだ。乳はさすがに出ないけど、子守りだったらお手の物だよ」

武家相手の大黒屋はいつも至急の奉公人を求められる。中間小者はすぐ用意できるようにしているが、女手《おんなで》は少ない。どうしても手が足りないときは、大黒屋の奉公人も武家に貸し出されていたそうだ。

「銀次さんも古着売りが嫌になったら、あたしが奉公先を世話してやるよ。何なら、大黒屋さんで働くかい」

「馬鹿を言うな。ふんぞり返った武士に仕《つか》えるなんて御免だぜ」

腰に刀を差した男を相手にするよりも、女相手の古着屋のほうがはるかにましだ。憤然《ふんぜん》と言い返せば、お貫が人の悪い笑みを浮かべた。

「あら、残念。あんたのような優男は中間部屋でかわいがってもらえるのに」

まんざら冗談でもない口調で言われて、銀次は震えあがる。そして、肝心《かんじん》なことを聞かないうちにやよいやから逃げ出した。

七日後の五月二十三日は久しぶりの晴れ間となった。

撥ね上げた泥で売り物が汚れないように忍び足で歩いていたら、善八の子分に呼び止められた。

「おい、銀次。ちょっと来い」

「何でしょう」

嫌な予感が頭をよぎり、銀次は身を硬くする。そのまま人気《ひとけ》のない路地裏《ろじうら》まで連れていかれて、とんでもないことを聞かされた。

「善八親分が十手を返上して、江戸から逃げたって……そいつは本当ですかい」

にわかに信じられなくて、顔色の悪い子分に念を押す。すると、何度も縦に首を振られた。

「ああ、親分は深川の小料理屋で酒に酔い、てめぇの悪事を片っ端《ぱし》からしゃべっちまったんだと」

しかもその日は運悪く、店の中に南町奉行所の与力《よりき》がいたという。

「与力様がお忍びで知り合いと飲んでいたら、衝立《ついたて》の向こうで酔っ払いが聞き捨てならないことを言っている。それが南町の定廻り同心の手下とわかれば、さすがに放っておけねぇだろう」

翌日、善八は大番屋《おおばんや》に呼び出され、長年仕えてきた同心から手札と十手を取り上げられた。そして、「いますぐ江戸を出ろ」と命じられたとか。

「本来ならお縄にすべきところだが、そんなことをすれば町奉行所の面目にかかわる。他の手先を守るためにも親分ひとりが悪事を働き、逃げたことにしたようだ」

つまり、善八はさんざん利用してきたお上から切り捨てられたということだ。これぞまさしく因果応報《いんがおうほう》と思っていたら、子分が「でもな」と腕を組む。

「俺は今度の一件がどうにも腑《ふ》に落ちねぇんだよ。いくら酔っていたとはいえ、あの用心深い親分が人前でてめぇの悪事を話し、その場にお忍びの与力の旦那がいるなんて出来過ぎだ。親分はきっと誰かに嵌《は》められたに違いねぇ」

怯《おび》えたような口ぶりに銀次の胸が大きく跳《は》ねた。

「親分を恨んでいるやつは本所だけに留《とど》まらねぇ。親分の手伝いをした俺やおめぇを恨んでいるやつもいるだろう。せいぜい寝首を掻《か》かれねぇように気を付けな」

子分は銀次の肩を叩くと、足を引きずるようにして踵《きびす》を返す。残された銀次は足元の悪さも手伝って、再び古着を売り歩く気にはなれなかった。

こちらが思っていた以上に、美晴はうまくやったようだ。善八の十手を取り上げただけでなく、江戸から追い出してくれるとは思わなかった。

これで自分は善八の影におびえることなく、まっとうに生きることができる。銀次は悪縁が切れたことを喜ぼうとしたけれど、言い知れぬ不安は消えなかった。

善八を酔わせたのは美晴だろうが、その場に与力がいたのはなぜだ。

もしも与力が花魁のときの馴染《なじ》みなら、美晴が危険を冒《おか》して善八に近づく必要はない。与力の耳に善八の悪行を吹き込むだけでよかっただろう。

銀次はどうにも腑に落ちず、売り物を長屋に置いてやよいやに向かう。今日こそはっきりさせてやると口入れ屋の戸を開けたところ、中にはお貫と美晴がいた。

「おや、古着売りの兄さんじゃないか。ちょうどよかった、伝えたいことがあったんだよ」

「そいつは善八のことか」

本人がいるなら、ちょうどいい。銀次のほうから切り出せば、美晴が楽しげに口元を緩《ゆる》めた。

「ああ、あの下膨れは十手を返上して江戸を出た。もう顔色をうかがわなくとも大丈夫だよ」

誇らしげに告げる相手に銀次は尋ねる。

「おめぇは南町の与力様と知り合いだったのか」

でなければ、与力をお忍びで呼び出すことなどできないはずだ。しかし、美晴は頭を振った。

「あたしは知り合いじゃないけれど、与力がその店に来る日がわかっていたから、善八を連れていったのさ。あの男はあたしが会いたいと言えば、絶対に断らないからね」

一方、お貫は今度の件を大黒屋の耳に入れていた。そして、大黒屋は与力の幼《おさな》馴染みの旗本から「安くていい店はないか」と相談を受けていたそうだ。

「与力の幼馴染みは無役《むやく》の小普請《こぶしん》で、実入《みい》りのいい与力に何かと世話になっていたらしい。『たまには礼をしたい』と言われて、大黒屋さんがあの店を薦《すす》めたのさ」

四方を襖で仕切られた座敷を持つ立派な料理屋と違い、その小料理屋は客と客の間に衝立を置いただけだった。当然隣の話は筒抜けだし、酔った善八の声はひときわ大きかったという。

「美晴さんは酒を勧《すす》めるのがうまいから、親分も飲みすぎちゃったんだね」

「なに言ってんだい。元はと言えば、あんたが書いた筋書きじゃないか。これなら大黒屋さんにも迷惑がかからないって」

笑顔で言い合う女二人に、銀次の背中が粟立《あわだ》つ。

自分は逆らうことすらできなかったのに、この二人は善八をたやすく罠《わな》に嵌めてしまった。

かつて自分を騙したお紅には怒りはあっても怖《こわ》くなかった。

だが、笑顔で善八のことを語るこの二人は心の底から恐ろしい。銀次が身震いしていると、不意にお貫と目が合った。

「銀次さん、これは貸しだ。いずれ利息をつけて返してもらうよ」

善八との縁は切れたけれど、この二人との新たな縁が悪縁でないと言えるのか。銀次は身を硬くして恐れと唾《つば》を呑み込んだ。

その三　世間知らず

一

美人はいつ見ても美人だが、男としては夏に見るのが一番楽しい。

着ぶくれてしまう綿入れと違い、薄い単衣《ひとえ》は尻や胸の形がはっきりわかる。浴衣《ゆかた》の前がはだけるさまや、薄い絽《ろ》や紗《しゃ》の生地《きじ》ごしに襦袢《じゅばん》が透《す》けるさまを見て、身悶《みもだ》える男は多いだろう。

六月九日の昼下がり、青太郎《せいたろう》は三味線《しゃみせん》を弾《ひ》く美晴の姿に釘付けだった。

色白の美人には凜《りん》とした紺の絽と白い帯がよく似合う。梅雨《つゆ》が明けて間もないせいか、今日は朝から蒸《む》し暑くていつも涼しげな美晴すら肌がうっすら汗ばんでいる。右目の下の泣き黒子《ぼくろ》も濡れて光っているようだ。衿《えり》から伸びた白いうなじに黒い後《おく》れ毛が貼りつくさまも艶《なま》めかしい。

美人のこういう姿はいくら見ていても見飽《みあ》きないね。汗をかいても師匠からはいい匂いしかしないもの。やっぱり、べらぼうに高い揚《あ》げ代を取っていた吉原の元花魁《おいらん》だけのことはある。夏場は汗臭くなっちまう深川の女郎《じょろう》とは大違いだよ。

我知らず鼻の穴を広げる青太郎は、深川大島町《おおしまちょう》の干鰯《ほしか》問屋、田島屋《たじまや》の跡取りだ。年は二十歳《はたち》とまだ若いが、近所の若旦那《わかだんな》連中と吉原で遊んだこともあった。

しかし、お上も認める格式高い遊郭《ゆうかく》は何だかんだと金がかかる。いくら女の見目《みめ》が粒揃《つぶぞろ》いでも、親の脛《すね》かじりの分際《ぶんざい》でたびたび行ける場所ではなかった。

そこでやむなく近所の岡場所に行くのだが、大輪の牡丹《ぼたん》のような花魁を知ってからはどうしても見劣りしてしまう。物足りなさを覚えていたとき、偶然美晴と知り合った。

この顔を毎日眺《なが》めていられたら、どんなに幸せだろう。いや、できることなら、互いに酒を注ぎ合ったり、ひとつ布団で眠ったり……。

うっとりと夢見心地でいたら、不意に三味線の音《ね》が止《や》んだ。

「若旦那、顔より手元を見てください。あたしはおまえさんに三味線を教えているんですよ」

「ああ、もちろんわかっている。ちゃんと手元も見ているさ」

本当は胸より上しか見ていないが、青太郎は笑顔で嘘《うそ》をつく。

今年の正月から美晴に三味線を習っているのは、一目惚《ひとめぼ》れした相手と親しくなるための口実だ。大店《おおだな》の娘の嗜《たしな》みとして、山ほど習い事をさせられている妹とは訳が違う。

美晴もそれをわかっているから、あまり厳《きび》しいことは言わなかった。一応三味線を構えていれば大目に見てくれたのに、今日に限って厳しい態度を崩さない。

「だったら、いまの手本通りに弾いてみてくださいな。あたしの手元を見ていたのなら、ちゃんと弾けるはずでしょう」

険《けわ》しい顔つきで言い放ち、自分の膝《ひざ》から三味線を下ろしてしまう。

いままでとは違う雲行きに青太郎は三味線を構え直したが、もちろん弾けるわけがない。気まずい沈黙に耐えられず、恨《うら》めしそうに美晴を見た。

「師匠、意地悪を言わないどくれ。今日に限ってどうしたのさ」

「どうもこうもありません。稽古《けいこ》を始めて半年になるってのに、いまだに三味線を弾けないのはおかしいでしょう。これじゃ、あたしの教え方が悪いみたいじゃありませんか」

「別に師匠のせいじゃない。あたしがとびきり不器用だからさ」

おまけに稽古をする気がないから、上達するはずがない。美晴を励《はげ》ますつもりでそう言えば、さらに冷たい目で睨《にら》まれた。

「でしたら、無駄《むだ》な道楽はおやめなさいまし。親の稼《かせ》いだ大事な金を溝《どぶ》に捨てるようなものですよ」

まさか、何の前触《まえぶ》れもなく「やめろ」と言われるとは思わなかった。青太郎は驚いて、邪魔な三味線を脇に置く。

「どうして、そんなことを言うんだい。師匠に会えなくなったら、あたしは何を楽しみに生きればいいのさ」

前のめりになって訴えても、美晴の険しい表情は変わらない。「何を大げさな」と鼻で嗤《わら》った。

「あたし程度の女はいくらだっておりますよ。それに美人は三日で見飽きるっていうでしょう」

「とんでもない。半年も稽古に通《かよ》っているが、あたしはちっとも見飽きないよ。稽古をやめてしまったら、師匠に会えなくなるじゃないか」

美晴は大島町に近い黒江町に住んでいる。青太郎は毎日通いたかったけれど、あいにく美晴が許さなかった。

——うちの弟子は、近所の芸者置屋の子がほとんどです。お座敷に出る前に妙な噂《うわさ》が立つと困るので、男の稽古は断っております。

最初はそう言って断られたが、「そこを何とか」と押し切った。そのため青太郎が稽古の日は他の弟子が来られない。そんな特別扱いが許されたのは、美晴に負い目があったからだ。

二人の出会いは今年の正月、青太郎は富岡八幡宮に行く途中で後ろから着物の袖《そで》を引っ張られた。何事かと振り向けば、子守りに背負われた赤ん坊がよだれまみれの小さな手で自分の袖を握っていた。

——これは仕立て下ろしの正月の晴れ着だよ。これからお参りに行くところなのに、何てことをしてくれるんだい。

しかも、明日からこの着物で新年の挨拶《あいさつ》回りをすることになっていた。青太郎が大声で怒りをあらわにすると、赤ん坊は火が付いたように泣き出してしまう。子守りは真っ青になって頭を下げた。

しかし、子守りがいくら謝《あやま》っても、赤ん坊のよだれがついた着物は元に戻らない。怒りが収まらない青太郎が「この子の親に会わせろ」と詰め寄れば、子守りは泣きそうな顔で赤ん坊をあやしながら黒江町の仕舞屋《しもたや》に青太郎を連れていった。

その家は三味線の稽古所らしく、三味線を抱《かか》えた晴れ着の少女が連なって出てきたところだった。子守りの案内で中に入ると、そこには目の覚めるような美人がいた。

——それは申し訳ございません。うちの子がとんだ粗相《そそう》をいたしました。

美晴は子守りから事情を聞くなり、手をついて青太郎に謝った。

その日の美晴は正月に不似合いな鈍色《にびいろ》の着物を着ていたが、派手に着飾っていないからこそ素の美しさが際立《きわだ》っていた。美晴は続けて「子守りが赤ん坊を連れ出したのは、新年最初の稽古の邪魔をしないため」とか「迷惑料を払う」と言っていたが、ろくに聞いていなかった。

弁天《べんてん》様もかくやという美しい顔を見たとたん、八幡様へのお参りも着物を汚された怒りもすべて吹き飛んでしまったからだ。

新年早々ついていないと思ったけれど、これぞ「禍《わざわい》転じて福と為《な》す」だ。きっと、八幡様のお導《みちび》きだよ。

まだお参りもしていないのに、青太郎は八幡様に感謝した。そして、着物を汚されたことを許す代わりに、自分の弟子入りを認めさせたのである。

あれから稽古のたびに美晴を口説《くど》いてきたけれど、まるで相手にされていない。それでも、このきれいな顔をすぐそばで眺められる、口説く時間はたっぷりあると勝手に思い込んでいた。青太郎が途方に暮れていると、美晴がこれ見よがしに嘆息《たんそく》する。

「このところ『田島屋の若旦那に教えるなら、自分にも三味線を教えてくれ』という旦那方の申し出が増えてしまって、あたしも困っているんです。若旦那には半年稽古をしてきましたが、ちっとも上達しませんでした。いただいた束脩《そくしゅう》はすべてお返しいたしますので、これで貸し借りなしにしてくださいな」

美晴に言い寄る男が多いことは青太郎も小耳に挟んでいた。同時に「自分だけが稽古をしてもらえる」といい気になっていたのである。

三味線の稽古はやめてもいいが、美晴に会えなくなるのは嫌だ。青太郎が本音《ほんね》を口にすると、美晴が疲れた様子で呟《つぶや》く。

「若旦那のようにお若い方は、あたしのような女が物珍しいのでしょう。でも、そろそろ目を覚ます潮時でござんすよ」

「何だい、それは。師匠とあたしは三つしか違わないだろう。いくらそっちが年上でも、若造呼ばわりはやめとくれ」

子供扱いが癪《しやく》に障《さわ》り、青太郎は頰《ほお》を膨《ふく》らませる。しかし、美晴のこっちを見る目つきは変わらなかった。

「年は三つしか違わなくとも、踏んできた修羅場《しゆらば》の数が天と地ほども違います。あたしは幼《おさな》いころから吉原で育ち、身請《みう》けしてくれた旦那を殺された女でござんすよ。若旦那もご存じでしょう」

自嘲《じちよう》混じりに語られて、青太郎は閉じた口を尖《とが》らせた。

かつて美晴は江戸町一丁目の大見世、三国屋の花魁だったという。十七のときに身請けされて室町《むろまち》の呉服《ごふく》商、砧屋《きぬたや》の妾《めかけ》になったとか。

花魁の身請けには見世への借金はもちろん、この先稼ぐ金額も加算される。若い売れっ妓《こ》の身請け代は目の玉が飛び出るほど高額だったに違いない。それでも身請けしたのだから、砧屋の主人の執着ぶりがよくわかる。

そんな女を手に入れて商《あきな》いが疎《おろそ》かになったのか。店の将来を案じた砧屋の番頭が美晴を殺そうとしたせいで主人と番頭が殺し合い、醜聞《しゆうぶん》にまみれた砧屋は店を畳《たた》んだと聞いていた。

「あたしのような縁起の悪い女に近づかないほうがよござんす。田島屋さんの評判にも障りますよ」

「馬鹿なことを言わないどくれ。師匠は何ひとつ悪いことなどしていないだろう」

美晴が花魁だったことも、身請けされて妾になったことも、美晴自身の咎《とが》ではない。砧屋の主人と番頭が殺し合ったことだって、この美貌《びぼう》に狂った男たちが勝手にしたことではないか。

「あたしは師匠ほどやさしい女はいないと知っている。でなきゃ、若い身空《みそら》で赤の他人の赤ん坊を育てたりするもんか」

いくら通いの子守りを雇《やと》っていても、赤ん坊の世話は大変だ。最近は少なくなったけれど、稽古を始めた当初は美晴があくびを噛《か》み殺しながら教えることがよくあった。

寝不足の訳を尋《たず》ねれば、「お陽の夜泣きがひどくて、夜っぴてあやしていた」と言う。見かねて「住み込みの子守りを雇えばいいじゃないか」と言ったところ、呆《あき》れた顔をされてしまった。

――たとえ子守りがいたとしても、赤ん坊が泣いているのに寝ていられるわけがないでしょう。血はつながっていなくとも、あたしはお陽の母親です。

その言葉を聞いたときから、青太郎の美晴を見る目が変わった。それまでは見た目だけだったのに、中身にも魅せられた。

誰だって生まれや育ちは選べない。

世間が何と言おうと、あたしは師匠の味方だよ。

青太郎が心の中で勝手に誓うと、美晴は困ったように微笑《ほほえ》んだ。

「別にやさしくなんてありませんよ。若旦那は赤の他人とおっしゃいますが、お陽の産みの母親は実の姉のような人でしたから」

「でも、赤ん坊を抱えていたら嫁に行くこともままならない。子のいない夫婦に託したほうがお互いのためじゃないのかい」

自分の下心を隠して言えば、すぐさま言い返されてしまった。

「相手が誰であろうとお陽を手放す気はございません。それにあの子がいなくとも、あたしのような傷物と一緒になりたがる酔狂《すいきょう》な男はいませんよ」

「そんなことはないっ。あたしはできることなら、美晴師匠を嫁に欲しいと思っているんだ」

とっさに思いを口にして青太郎はすぐに後悔した。これから時間をかけて口説くつもりだったのに、勢いあまって言ってしまった。

唇を噛んでうつむくと、美晴は「馬鹿なことを言っちゃいけません」といつになくやさしい声を出す。

「あたしのような妾上がりのこぶ付きが、大店の嫁になれるわけがないでしょう。若旦那のご両親が聞けば、ひっくり返っちまいます」

吉原育ちだけあって美晴は身の程を弁《わきま》えている。

しかし、ここで引いたら美晴との仲は終わってしまう。「だったら、あたしが田島屋を出る」と、青太郎は啖呵《たんか》を切った。

「あたしが大店の跡取りでなくなれば、一緒になってくれるだろう」

「馬鹿馬鹿しい。若旦那が田島屋の跡取りの座を捨てて、どうやって稼ぐつもりです。あたしは甲斐性《かいしょ》なしを養うなんて御免《ごめん》ですよ」

たちまち美晴の態度が一変し、見下《みくだ》すような口ぶりになる。青太郎はカッとして、「見くびるな」と声を荒らげた。

「これでもよそのお店《たな》で奉公したこともある。どこでだって働けるさ」

父は跡取り息子を甘やかしたわけではない。青太郎は十四のときに米問屋の小僧として働かされたことがあった。

それまで「坊ちゃん」と呼ばれていた身が一番下《した》っ端《ぱ》の奉公人になったのだ。最初の三月《みつき》は夜も眠れず泣きの涙で暮らしたけれど、逃げ帰るわけにはいかないと歯を食いしばって辛抱《しんぼう》した。

そんな苦労話を伝えても、美晴の態度は変わらない。うんざりした顔つきでさらなる問いを口にする。

「跡取りが店を出たら、田島屋は誰が継《つ》ぐんです」

「あたしには妹がいる。お珠《たま》が婿《むこ》をもらえばいいさ」

十六のお珠にはすでに縁談が舞い込んでいる。「いまは嫁入り先を探しているが、婿取りなら商家の次男、三男が喜んで飛びつくだろう」と答えると、美晴はとうとう額《ひたい》を押さえた。

「そこまで言うなら、若旦那に口入れ屋を紹介しましょう。そこで話を聞いてごらんなさい」

口入れ屋と聞いたとたん、青太郎の目が泳ぐ。いますぐそんな話が出るとは思っていなかったのである。

だが、ここで「嫌だ」と言えば、美晴との縁が切れてしまう。破れかぶれでうなずいた翌日、青太郎は本所横網町の口入れ屋に連れていかれた。

二

口入れ屋のやよいやは、とても小さな店だった。

店主はお貫という若い女だが、豊かな髪を櫛巻《くしま》きにして紅《べに》のひとつも付けていない。着物は安っぽい木綿の単衣で、色だけは美晴の着物と同じ紺色だ。店に入ってすぐの座敷は帳場格子《ちょうばごうし》があるだけで、一見何の店かわからない。

普通の商売と違い、口入れ屋は人を扱うお店《たな》だからね。売り物を並べる台も棚もいらないのか。

仕事を探したことのない大店の跡取りは口入れ屋と縁がない。物珍しさにきょろきょろしていると、美晴とお貫が話し始めた。

「美晴さんも相変わらずですねぇ。田島屋の跡取りを誑《たぶら》かすなんて」

「ちょいと、人聞きの悪いことを言わないどくれ。あたしは若旦那に言い寄ったことなどないんだから」

「でも、美晴さんと一緒になりたい一心で、跡取りの座を捨てると言い出したんでしょう。そこまで一途《いちず》に思われたら、女冥利《おんなみょうり》に尽きるってもんじゃないですか」

「ふざけなさんな。坊ちゃん育ちが店を捨てたら、ろくなことにならないよ。あんたもよく知っているだろう」

不意に聞き捨てならない言葉が聞こえ、青太郎は慌《あわ》てて美晴を見る。口入れ屋まで連れてきておきながら、そんなことを言うなんて。

「若旦那が家を捨てたら、あたしが田島屋さんに恨まれる。この世間知らずに世間を教えてやっとくれ」

美晴はあくまで自分のことを「世間知らずの馬鹿旦那」と思っているのか。青太郎は黙っていられず、二人の話に割り込んだ。

「師匠、あたしだって一人前の男だよ。いまさら教わらなくたって、世間のことなら人並みに知っているさ」

箱入り娘の妹と違い、男の自分は危ない場所にも出入りしている。酒も女も賭け事も経験ずみだと答えると、お貫が嫌そうに目を眇《すが》めた。

「若旦那が知っている世間は金を使うことばかりですね。金を稼ぐ方法は知っていなさるんですか」

「ああ、働けばいいんだろう。師匠にも言ったけれど、あたしはよそのお店《たな》で奉公したこともある。力仕事は苦手だが、帳面付けなら得意だよ」

青太郎が胸を張ったとたん、美晴の細い眉が下がった。

「ほら、こういうお人だからここに連れてきたんだよ。あたしはあんたに貸しがあるし、後は任《まか》せて構わないだろ」

「おや、貸しって何のことです。この間のことなら、あたしは貸しを返してもらっただけでしょう」

「そういけずを言わずに、面倒を見てやっとくれ。この通り拝むからさ」

大げさに手を合わせる美晴を見て、お貫はあきらめたように肩を落とす。そして、美晴が出ていってから、青太郎にお茶を差し出した。

「それじゃ、美晴さんも消えたことだし、若旦那の嘘偽《いつわ》りない本音を聞かせてもらいましょうか」

「えっ」

予想外の問いかけに青太郎はギョッとする。すると、お貫はニヤリと笑った。

「若旦那が美晴さんに惚《ほ》れているのはわかります。でも、本気で田島屋を出るつもりですか？　そんなことをしたって、美晴さんは絆《ほだ》される人じゃありませんよ」

容赦《ようしゃ》なく痛いところを突かれて青太郎は口ごもる。美晴がその気にならないなら、実家を出る意味がない。

「せっかく大店の跡取りに生まれたんです。美晴さんのことはあきらめて、おとなしく跡をお継ぎなさい。あたしの父親はこの小さな口入れ屋の跡取り息子でしたけど、祖父に逆《さか》らって駆け落ちして、どれほど苦労したことか。若旦那だって美晴さんに会うまでは、田島屋を出るなんて考えたこともなかったでしょう」

どうやら、お貫の父親も自分と似たようなことをしたようだ。諭《さと》すような口ぶりにうっかりうなずきそうになる。

しかし、美晴が目の前から消えたとたん、「美晴をあきらめる」と言いたくない。青太郎はなけなしの意地を張った。

「そんなの、やってみなくちゃわからないよ。あたしが自力で稼げるとわかったら、師匠も見直してくれるだろう」

「なるほど、あの美晴さんが手を焼くわけだ。だったらお尋ねしますけど、若旦那はどこのお店《たな》でどれだけ奉公していたんです」

「十四から一年間、万町《よろずちょう》の米問屋で奉公をした。他の小僧と一緒にこき使われていたんだから」

あのときの小僧仲間はそろそろ手代になるはずだ。そのうち様子を見に行こうと思ったら、お貫が小さく噴《ふ》き出した。

「あらまぁ、たったの一年ですか。そりゃ奉公というよりも、よそのお店《たな》で預かってもらっただけですよ」

「何だって」

こっちの苦労も知らないで、何を言っているんだか。思わずお貫を睨みつけたら、口入れ屋の店主は肩をすくめた。

「小僧がみな一年で暇《ひま》を取ったら、奉公先はたまったもんじゃありません。ひょっとして、田島屋さんでは小僧が居つかないんですか」

「馬鹿なことを言うんじゃないよ。三月《みつき》と持たずに帰る子もいるけれど、大半はちゃんと手代になる」

「だったら、奉公を始めて最初の二、三年は使い物にならないことくらいご存じでしょう。よそのお店《たな》で働いたと言いたいなら、せめて四年は勤めないと」

美晴の知り合いだけあって、お貫もずいぶん遠慮のない口をきく。青太郎はぶすりと言い返した。

「仕方ないだろう。あたしには跡取りとして学ぶことがたくさんあるんだ。よその店に四年もいられないよ」

「それならもっと早く奉公に出ればよかったんです。普通は十歳《とお》になるかならずで奉公に上がるものですよ。田島屋さんでは十四の子を小僧として雇うんですか」

小首《こくび》を傾《かし》げて尋ねられ、青太郎の胸が大きく跳《は》ねた。

もちろん、田島屋だって小僧が奉公を始めるのは十歳前後だ。十四から小僧を始めるなんて聞いたことがないけれど……。

「田島屋さんは息子が奉公に耐えられる年まで待って、奉公に出したんでしょう。すぐに帰ってこられたら外聞が悪いですからね」

したり顔の説明に青太郎の頬が熱くなる。

大声で言い返してやりたいが、その考えは恐らく当たっている。自分が十歳で奉公に出ていたら、三月どころか三日と持たずに逃げ帰ったに違いない。

あたしは世間と比《くら》べると、ずいぶん甘やかされていたんだね。そういえば、奉公先の旦那様からときどき「大丈夫かい」と聞かれたっけ。言い付けられた仕事をしくじっても手代に叱《しか》られたことはなかったな。

田島屋ではヘマをした新入りの小僧が拳骨《げんこつ》を食らい、蔵の陰でよく泣いている。青太郎はそんな泣きべそ小僧を見かけるたびに、かつての自分を思い出してやさしく声をかけていた。

しかし、自分が奉公先で特別扱いされていたなんていまの今まで思わなかった。小僧が叱られるのは出来が悪いからであり、自分は出来がよかったと思い込んでいたのである。

これでは美晴に「世間知らず」と馬鹿にされても仕方がない。うなだれる青太郎にお貫が慰め顔で言った。

「もうわかったでしょう。若旦那は美晴さんをあきらめて、田島屋を継いだほうがいいってことが。井の中の蛙《かわず》が大海に出たら、大きな魚に食われるか、溺《おぼ》れて死ぬだけですよ」

わざわざ追い打ちをかけられなくとも、そんなことはわかっている。

だが、すぐにあきらめられないのが恋心というものだ。青太郎が唸《うな》り声をあげたとき、表戸の向こうから「ごめんください」と声がした。

「おや、うちのお客が来たようだ。すみませんが、若旦那は茶の間で待っていてくださいな」

お貫に急《せ》かされるまま、青太郎は立ち上がって奥に行く。すると、目の前で襖《ふすま》が閉められて、表戸の開く音がした。

「いらっしゃいまし。仕事をお探しですか」

「ああ、そうさ。あたしはけいと言うんだけど、住み込みの仲居の口はありませんかね」

襖越しに聞こえる声に青太郎はどんな女か興味を持った。

自ら仲居を望むなら、若い美人かもしれない。そんな思いで襖の隙間からのぞいてみれば、四十は軽く超えていそうな小太りの女がお貫と向かい合っていた。

「これでもずっと料理屋の仲居をしていたんです。凝《こ》った料理の説明やお酌《しゃく》はお手の物ですよ」

おけいはそう言って胸を張るが、仲居は見た目も大切だ。きっと年を取って見た目が悪くなり、奉公先から暇を出されたのだろう。

お貫も自分と同じことを思ったに違いない。ややしておけいに問いかけた。

「おけいさんはうちに初めて来たでしょう。どうして馴染《なじ》みの口入れ屋に行かないんですか」

「それが数年ぶりに訪ねたら、店を畳んでいたんだよ。ここは親身になって仕事を世話してくれると知り合いに聞いたから、わざわざ大川を渡ってきたんじゃないか」

「おや、そうでしたか。ですが、おけいさんにふさわしい仕事はうちの帳面にはないようです。よそを当たってもらえますか」

お貫は言葉遣《づか》いこそ丁寧《ていねい》だが、帳面もめくらずに一見《いちげん》の客を追い返そうとする。おけいは目を吊《つ》り上げた。

「何だい、その言い草は。やよいやは親切だって噂は嘘八百だね」

「噂や評判なんて当てにならないものですよ。ところで、おけいさん。うちを出たその足でよその口入れ屋に行くのはやめたほうがいいですよ」

日を改めろと言われた客は不満そうに鼻を鳴らした。

「ふん、余計なお世話だよ。あんたにゃ関わりないだろう」

「でも、ここに来る前に酒を飲んだでしょう。そんな人に住み込みの仕事を世話してくれる口入れ屋がいるとは思えません」

するとに図星だったのか、おけいが慌てて口を押さえる。

襖の隙間から見る限り、おけいの顔は赤くないし、酔っぱらっている様子もない。だが、向かい合うお貫には酒の匂いがしたのだろうか。青太郎が首を傾げていると、おけいがお貫を睨みつけた。

「うるさいね。景気づけにちょっと一杯ひっかけただけじゃないか。仲居は客から酒を勧《すす》められることも多いんだ。とやかく言われる筋合いじゃない」

「でも、今日は仕事を探しに来たんでしょう。あたしは肝心《かんじん》なときに酒を控えられない人を信用しないことにしているんです」

その後、おけいはしばらく文句を言い続け、「何だい、こんな店」と捨て台詞《ぜりふ》を吐いて出ていった。ほどなくして襖が開き、お貫が青太郎に頭を下げた。

「すみません、お待たせしました」

「いや、あたしは構わないよ。それにしても、いまの客は本気で仲居になる気だったのかね」

若さと容姿が売りの茶汲《く》み女ほどではなくたって、仲居も見目のよさは必要だろう。青太郎が見下すように鼻を鳴らすと、お貫は困ったように苦笑した。

「顔の造りは悪くないし、若いころは本当に仲居をしていたと思いますよ。いまは無理でしょうけどね」

お貫の言葉にうなずいて、青太郎が「あの見た目じゃ」と言いかけたとき、「見た目の問題じゃありません」と遮《さえぎ》られた。

「おけいさんはかなり酒毒《しゅどく》にやられています。出かける前に酒を飲んでしまうのは、その証拠です」

酒毒に侵された者は、のべつ幕無し酒を飲まずにいられない。酒が切れると手足が震え、暴れることもあるらしい。前の奉公先もそのせいで追い出されたのかもしれないと、お貫は言う。

おけいがどういう事情で酒に溺れたのか知らないが、新たな仕事を見つけるのは難しそうだ。

青太郎が同情すると、お貫に眉をひそめられた。

「言っときますけど、若旦那はおけいさんよりも働き口が見つかりませんからね」

「どうしてさ」

自分は昼間から酒を飲んだりしない。力仕事は苦手だが、若くて病《やまい》知らずである。酒毒に侵された四十過ぎの女よりはるかに上等ではないか。鼻息荒く尋ねれば、お貫の目つきが冷たくなった。

「若旦那を雇ったら、田島屋さんを敵に回します。それを承知で欲しがる店はありませんよ。その証拠に、うちのおとっつぁんは仕事が見つからなくてどれほど苦労したかわかりません」

苦笑したお貫によれば、駆け落ちした父親は「孫が生まれれば、おとっつぁんも許してくれる」と甘く考えていたらしい。

しかし、孫が生まれても祖父の態度が変わらない。貧乏暮らしに耐えかねて、母親は夫と子を捨てて逃げ出した。見た目のよかった父親は言い寄ってくる女たちに助けられて、赤ん坊のお貫を育てたそうだ。

「人は誰でも生まれ持った運命《さだめ》があります。その運命に逆らうなら、何が起きても引き受ける覚悟をしなくちゃいけません。うちのおとっつぁんはまともな仕事に就《つ》けないまま、あたしが八つのときに死にました。駆け落ちしたのは確か若旦那と同じくらいの年でしたよ」

にっこり笑って付け足され、青太郎の背筋に寒気が走る。

いくら美晴に惚れていても、ここまで言われて家を飛び出す度胸はない。うなだれた青太郎は「師匠をあきらめる」とお貫に告げ、やよいやを後にした。

これからはおとっつぁんに逆らえないね。あたしの値打ちは田島屋の跡取りってことだけだもの。

かつてはそれが一番の自慢だったのに、これからは胸を張れそうにない。青太郎はしょんぼりと大川端を歩き万年橋《まんねんばし》まで来たところで、妹のお珠が男と歩いているのを見てしまった。

お珠のやつ、女中も連れずに出歩くなんて何を考えている。嫁入り前の娘に変な噂が立ったら大事だぞ。

心配になった青太郎はこっそり二人のあとをつけた。

そうとは知らない二人は人目を避け、小さな稲荷の裏に回る。青太郎は妹に気付かれないよう稲荷の手前の木陰に隠れた。

「ねぇ、お願いだから田島屋に来て、あたしと一緒になるとおとっつぁんに言ってちょうだい。このままじゃ無理やり見合いをさせられるわ」

兄に見られているとも知らないで、お珠は背の高い男に縋《すが》って鼻にかかった声を出す。相手の男はためらいながらもお珠の肩に手を置いた。

「手前は小間物《こまもの》屋の手代にすぎません。田島屋のお嬢さんを嫁にもらえるような男じゃないんです」

「だったら、あたしを連れて逃げてちょうだい。佐七《さしち》さんと一緒なら、あたしはどんな苦労も耐えられるわ」

「お嬢さんに苦労をさせるなんて手前のほうが耐えられません。どうか大店の跡取りに嫁《とつ》ぎ、幸せになってくださいまし」

「佐七さんと別れて、幸せになれるわけがないでしょう」

お珠は思いつめた声を上げて男の胸に顔を伏せる。思いがけない愁嘆場《しゅうたんば》を見せられて、青太郎は目を瞠《みは》った。

まさか、十六の妹にこんな相手がいるなんて。青太郎はとても見ていられず、木の陰から立ち去った。

三

田島屋に戻った青太郎は、不在を承知で「お珠はどこだ」と女中に尋ねる。すると母がやってきて、非難めいた目を向けられた。

「あの子は裁縫《さいほう》の稽古に行きました。無駄遣いが多いと叱ったら、休んでいた裁縫の稽古に行くと自分から言い出したの」

「ふうん、そうかい」

「おまえも妹を見習って、少しは心を入れ替えたらどうなんだえ。妾上がりの三味線の師匠の尻ばかり追いかけていないで」

母は叱られた娘が反省したと頭から信じているのだろう。ずる賢くなった妹に青太郎は頭が痛くなる。

ここで見て見ぬふりをすれば、後で面倒なことになる。そこで七ツ（午後四時）過ぎに帰ってきた妹に人のいない廊下で声をかけた。

「お帰り。どこに行っていたんだ」

「兄さんこそ、日が暮れる前に家にいるなんてめずらしいわね。あたしはお裁縫の稽古に行っていたのよ」

「おや、そうかい。あたしはてっきり、清住町《きよすみちょう》のお稲荷さんで男と逢引《あいび》きでもしていたのだと思ったよ」

何食わぬ顔で言ったとたん、お珠は血の気の失《う》せた顔で青太郎の着物の袖を摑《つか》む。そして、有無を言わせず自分の部屋に連れ込んだ。

「どうしてそれを……兄さん、今日はどこにいたの」

「あたしはよんどころない事情があって、横網町の口入れ屋に行ったんだ。その帰りに、おまえが男といるのを見ちまってね」

その直前に惚れた女をあきらめたことは伏せたまま、青太郎はお珠を問い詰めた。

「おまえと一緒にいた男はどこの誰だい。正直に白状すれば、おとっつぁんたちには黙っていてやる」

裏を返せば、白状しないと告げ口するということだ。お珠はしばし考え込んでいたけれど、観念したように口を開いた。

「あの人は蛤町《はまぐりちょう》の小間物屋、若松屋《わかまつや》の手代の佐七さんよ」

逢引き相手の素性《すじょう》がわかり、青太郎は納得した。

お珠は去年から一人前に化粧を始め、紅だ、櫛だ、白粉《おしろい》だと買い求めるようになったのだ。母から「無駄遣いが多い」と叱られたのは、色男の手代に言われるまま買い求めた結果だろう。

「おとっつぁんは兄さんの嫁取りをする前に、あたしを嫁がせるつもりなの。早く見合いをしろとうるさいけれど、あたしは心に決めた人がいるんだもの。見合いなんてしたくないわ」

「そうは言っても、おまえは田島屋の娘だよ。小間物屋の手代と夫婦になりたいと願ったところで、おとっつぁんが許すものか」

「なら、佐七さんが番頭になるのを待って」

「そんなの十年以上も先の話じゃないか。田島屋の娘は嫁《い》かず後家だと陰口を叩《たた》かれてもいいのかい」

さっき見た感じでは、佐七は青太郎と同じくらいの年である。考え直せと諭したが、お珠は聞く耳を持たなかった。

「二人の仲を許してもらえないのなら、あたしは佐七さんと駆け落ちするわ」

「おい、馬鹿なことを言うんじゃない」

そんなことをされたら田島屋の暖簾《のれん》に傷がつく。青太郎が叱りつけると、妹は顔を真っ赤にして睨み返した。

「兄さんは女遊びをするだけで、人を好きになったことがないのね。だから、あたしにそんなことが言えるんだわ」

青太郎は思わず言い返しかけ、すんでのところで呑《の》み込んだ。美晴のことをあきらめきれずにお貫に食ってかかったとき、自分もいまのお珠と似たような顔をしていたに違いない。

昼間のうちに美晴をあきらめてよかったよ。でなきゃ、お珠に「別れろ」なんてとても言えなかったもの。

二人揃ってかなわぬ恋をするなんてやはり兄妹だと思っていたら、お珠が急にすり寄ってきた。

「ねぇ、兄さん。あたしはどんなことをしても、佐七さんと一緒になりたいの。お願いだから力を貸してちょうだい」

黙り込んだ兄に向かってお珠は上目遣《うわめ》いで強請《ねだ》る。その変わり身の早さに苦笑して、青太郎はひと呼吸《いき》おいて口を開く。

「とりあえず、おとっつぁんとおっかさんには黙っていてやる。その代わり、しばらく若松屋に行くんじゃないぞ」

「どうしてよ」

「おまえはおっかさんに『裁縫の稽古に行く』と言って、佐七に会いに行っただろう。他の稽古も怠《なま》けているんじゃないのかい」

青太郎は稽古のときしか美晴に会うことができなかったが、お珠は若松屋に行けば必ず佐七に会えるのだ。親に隠れて足繁《しげ》く通っているだろうと思えば案《あん》の定《じょう》、お珠の顔がこわばった。

「おとっつぁんがそれを知ったら、すぐさま仲を裂かれるぞ。いままで稽古を怠けた分、ちゃんと取り戻しておけ」

習い事が何であれ、真面目《まじめ》に稽古をしなければ上達しないことは身に沁《し》みている。それに佐七の顔を見なければ、お珠の頭も冷えるだろう。青太郎はそう思ったが、恋に夢中の妹は不満げに口を尖らせた。

「……だって、佐七さんは女に好かれるんだもの。そばで目を光らせていないと、心配で」

「それでも、若松屋に行くのを控えるんだ。おまえの足が遠のけば、きっと佐七は不安になっておまえのことばかり考える。それが恋の駆け引きというものだ」

「でも……」

お珠はなかなか承知しなかったが、青太郎は譲らなかった。

今日二人を見たのが自分だったからよいけれど、お珠の稽古仲間や知り合いに見られたら大変なことになる。「嫁入り前に変な噂が立っては困るだろう」と脅《おど》かして、何とか妹を納得させた。

そして、六月十三日の昼下がり、青太郎は妹の目を盗んで家を出た。

行き先はもちろん、蛤町の若松屋である。

佐七ってやつは一体どういうつもりなんだか。そいつをはっきりさせないと、おとっつぁんに告げ口もできないよ。

田島屋の跡取りとして、妹には商売のためになる大店に嫁いでほしい。それがお珠のためでもあると思う一方、二人が本当に思い合っているなら一緒にしてやりたい気持ちもあった。

だが、振袖を着て育った妹に女中のいない暮らしができるとは思えない。生まれ持った運命《さだめ》に逆らえば、絶対後悔するはずだ。青太郎は二人を別れさせる覚悟を決めて、娘客で混み合う若松屋に足を踏み入れた。

「佐七さん、この赤い玉簪《たまかんざし》と銀の平打《ひらう》ち（簪）を見てちょうだい。どっちがあたしに似合うかしら」

「お駒《こま》さんは色白ですから、どちらもよく似合います。いっそ、両方お求めになってはいかがでしょう」

「佐七さん、あたしは笹紅《ささべに》が欲しいわ」

「はい、ただいまご用意いたします。少々お待ちくださいまし」

「佐七さん、次は私の相談に乗って」

「はい、お待たせして申し訳ございません」

客から名を呼ばれるたび、佐七は笑顔で振り返る。そのたびに佐七を取り囲む娘たちの頬が赤くなった。

一昨々日《さきおととい》も思ったが、若い娘が好みそうな甘ったるい顔立ちだね。こりゃ、お珠が熱を上げるはずだよ。

だが、女扱いの上手《うま》い男にろくな男はいない。青太郎は妹の見る目のなさにうんざりしながら、佐七の手が空くのを待った。

しかし、次から次に娘客が寄ってきて、なかなか声をかけられない。どうしたものかと思っていると、年かさの手代が寄ってきた。

「いらっしゃいまし。何かお探しでございますか」

「ええと、妹に紅を頼まれて」

慌てて目についた紅を指させば、手代が青太郎に耳打ちした。

「さっきから佐七を目で追っていらっしゃったでしょう。もしかして、お客様は佐七に何か御用でしょうか」

青太郎は一瞬目を瞠り、改めて手代を見る。

佐七ほどの色男ではないけれど、小間物屋の手代らしい嫌みのない顔立ちだ。警戒しつつもうなずけば、店の奥へと案内された。そして、手代と入れ替わるように羽織《はおり》を着た男が現れた。

「手前は若松屋の番頭でございます。あの、うちの手代がお客様の御身内にご迷惑をおかけしましたか」

佐七に熱を上げた娘が若松屋で散財し、身内が文句を言いに来ることはよくあるらしい。番頭は気まずそうに目を伏せた。

「店先でご覧になったかと存じますが、佐七を贔屓《ひいき》になさっている娘さんはたくさんいらっしゃいまして。他の娘に負けまいと張り合った挙句《あげく》、買いすぎてしまうお嬢さんもいらっしゃるのでございます。もし返品をお望みなら、元の値で買い取らせていただきますので」

ぺこぺこと頭を下げられて青太郎は納得する。同時に、お珠と佐七の仲が心配になってきた。

「いや、それには及ばないけれど、妹が佐七さんに夢中でね。佐七さんがどういうつもりか知りたいんだよ」

「あの、お差し支《つか》えなければ、お名前をうかがってもよろしいですか」

「ああ、あたしは大島町の干鰯問屋、田島屋の倅《せがれ》の青太郎だ」

うなずいて名乗ったとたん、番頭の顔色が悪くなる。「少々お待ちください」と座敷を出ていき、ほどなく佐七がやってきた。

「どうもお待たせいたしました。手前が若松屋の手代の佐七でございます。田島屋のお嬢さんにはいつもお世話になっておりまして」

慇懃《いんぎん》に頭を下げられて、青太郎は鼻白《はなじろ》む。とても惚れた娘の兄に会う男の顔には見えなかった。

「このところ田島屋のお嬢さんはお見えになっておりません。お身体《からだ》の具合でも悪いのでしょうか」

「いや、あたしがおまえさんたちの逢引きを見ちまってね。しばらく若松屋に行くなと、妹に言い聞かせたのさ」

こう言えば少しは慌てるかと思いきや、佐七はまるで動じない。「そうでしたか」と涼しい顔で返事をした。

「お嬢さんがお変わりないとうかがって安心しました」

「……言いたいことはそれだけかい。お珠はおまえと一緒になりたい一心で、見合いを拒《こば》んでいるってのに」

このまま何もなかったことにされては、あまりにお珠がかわいそうだ。青太郎が文句を言うと、佐七の眉間《みけん》にしわが寄った。

「おや、まだそんなことをおっしゃっておいでとは。世間を知らない箱入り娘は困ったものでございますね」

「何だって」

「手前は若松屋の手代として売り物を勧めているだけなのに、なぜか手前に惚れられている、思い合っていると勘《かん》違いされるお客様が多いんです。特に田島屋のお嬢さんは思い込みが激しくて、手前も手を焼いておりました。どうか、若旦那からも勘違いだと言い聞かせてやってくださいまし」

ため息と共に告げられて、青太郎のこめかみに青筋が立つ。店先の様子を見たときから嫌な予感がしたけれど、お珠は心にもない世辞《せじ》を真《ま》に受けて、勝手にのぼせてしまったらしい。

どうせ、そんなことだろうと思ったよ。だが、世間知らずの娘たちに思わせぶりなことを言い、勘違いさせたのはそっちだろうが。

そのやり口の汚さに青太郎は腹が立つ。優男《やさおとこ》の横っ面《つら》を引っ叩《ぱた》きたくなったけれど、ぐっとこらえて店を出た。

佐七に夢中な妹にどうやってこのことを伝えればいいんだろう。あたしが本当のことを言ったって、きっと聞く耳を持たないよ。

これで駆け落ちの心配はなくなったが、思い込みの強いお珠のことだ。下手《へた》なことを言えば、逆上する恐れがある。

穏便《おんびん》にあきらめさせるには、どうしたらいいのだろう。考えあぐねた青太郎の足は横網町に向かっていた。

四

本所と深川は隣り合っているけれど、蛤町から横網町までは遠い。青太郎が息を切らせてやよいやに駆け込んだとき、幸い先客はいなかった。

「あら、田島屋の若旦那じゃありませんか。慌ててどうしたんです。いまさら美晴さんがあきらめきれないとか言い出すんじゃないでしょうね」

「そうじゃない。今度は妹のことで来たんだよ」

青太郎は挨拶もそこそこにお珠のことを打ち明ける。そして、「どうしたらいいだろう」と尋ねれば、お貫が白《しら》けた顔になった。

「うちは口入れ屋で、よろず相談所じゃありません。妹さんを別れさせたいのなら、その手代の言ったことをそのまま伝えればいいでしょう」

「だが、お珠は佐七に心底《しんそこ》惚れ込んでいるんだよ。あたしが佐七を悪く言ったところで、本気にするはずがない。嘘をついて二人の仲を裂こうとしていると恨むだけさ」

挙句、佐七に詰め寄って刃傷《にんじょう》沙汰《ざた》でも起こされたら最悪だ。力む青太郎とは裏腹に、お貫はどうでもよさそうに手を振った。

「だったら、放っておきなさいな。手代にその気がないのなら、駆け落ちなんてできません」

「でも、妹にはすでに縁談もある。この先も佐七にまとわりついて、妙な噂が立つと困るんだよ」

さっきの様子を見る限り、佐七はしつこいお珠に辟易《へきえき》していた。

いまはまだ金払いのいい客として大事に扱っているけれど、いつ何時《なんどき》嫌気が差して突き放すかわからない。

「あたしは何とか穏便に二人を別れさせたい。お貫さん、どうか力を貸してくれないか」

自分のときと同じようにお珠を諭してもらいたい――青太郎に頭を下げられて、お貫は口をへの字に曲げた。

「あたしは色恋沙汰とは縁遠いんでね。そういう話に口を出すのは、本来苦手なんですよ」

「そう言わずに頼む。この通りだよ」

美晴に倣《なら》って手を合わせれば、お貫はじっと考え込む。そして、何か思いついたように青太郎を見た。

「そこまで言うなら引き受けましょう。ただし、これは口入れ屋の仕事じゃありません。口銭《こうせん》を頂《いただ》く代わりに、若旦那への貸しにさせてもらいます」

「わかった。一生恩に着るよ」

もうすべてが解決した気分になり、青太郎は笑顔でうなずく。お貫は意味ありげに目を細めた。

「一生恩に着るよりも、借りを返してくださいね。金でも物でも借りたものには利息をつけて返すものです」

その言葉に漂う不穏《ふおん》な気配に青太郎はギクリとする。ふと「タダより高い物はない」という言葉が頭をよぎったけれど、他に頼れる当てもない。覚悟を決めて、「わかった」と答えると、相手は口の端を引き上げた。

「それじゃ、三日後に妹さんを連れてきてください。世間知らずのお嬢さんに運命《さだめ》に逆らう恐ろしさをとくと教えて差し上げます」

青太郎はお貫の笑《え》みに不安を覚えつつ「よろしく頼む」と頭を下げた。

人は駄目だと言われると、かえってやりたくなるものだ。

まして恋しい相手との逢瀬《おうせ》を禁じられたお珠の機嫌はすこぶる悪い。青太郎はもちろん、女中や小僧にも当たり散らしている。

早く佐七をあきらめさせないと、うるさくってかなわない。青太郎はますます意を強くして、六月十六日の昼過ぎに妹を連れて家を出た。

「兄さん、一体どこへ行くの」

「いいから、黙ってついておいで。おまえに会わせたい人がいるんだよ」

訝《いぶか》しげな妹を辻駕籠《つじかご》に乗せ、青太郎は横網町のやよいやに行く。お珠と共に店に入ると、今日も櫛巻き髪のお貫が頭を下げた。

「ようこそ、いらっしゃいまし。あたしはこの店の主人で、貫と申します。田島屋の若旦那にはいろいろお世話をしておりまして」

それを言うなら、「お世話になっておりまして」だろう。青太郎は眉をひそめたが、お珠はお貫が言い間違えたと思ったらしい。見下すような笑みを浮かべた。

「あたしのことは知っているようだから、名乗らなくともよさそうね。お貫さんと兄さんはどういう付き合いなの」

「若旦那の三味線の師匠とあたしは知り合いなんですよ。それで、お嬢さんのことをまた聞きして、いささか心配になりまして」

「あたしのことをまた聞きって……一体何を聞いたのよ」

お珠は兄を睨みつけ、次いでお貫に向き直る。お貫はあっさり白状した。

「お嬢さんが身分違いの相手を好きになり、たいそう悩んでいなさるとか。別れるくらいなら駆け落ちすると言っていなさると」

「兄さん、ひどいわっ。黙っていると言ったじゃない」

お貫の言葉をみなまで聞かず、お珠が青太郎に食ってかかる。青太郎は意外な成り行きにとまどいながらも、素知《そし》らぬ顔で妹を見た。

「だから、おとっつぁんには言っていないじゃないか。あたしもお貫さんもおまえを案じているんだよ」

「余計なお世話よ。あたしは佐七さんと一緒なら、どんな苦労も厭《いと》わないわ」

兄に裏切られたと思ったのか、お珠は顔を歪《ゆが》めて言い放つ。その目は怒りに燃えていて、落ち着いて話を聞ける状態ではなさそうだ。

青太郎が慌ててお貫を見ると、口入れ屋の女主人はうなずいた。

「そうでしょうとも。でも、どんなに思い合っていたところで、人は病に勝てませんよ」

「おあいにく様。あたしも佐七さんも根っから病知らずなの。二人ならどこでも生きていけるんだから」

世間知らずなお珠の言葉にお貫は「とんでもない」と言い返した。

「二人でどこに行くつもりか存じませんが、真っ当なお店《たな》は身元引受人《みもとひきうけ》や寺請証文《てらうけ》のない人間を雇ったりいたしません。それに、人目を避けての二人旅は何が起こるかわかりませんよ」

大山《おおやま》参りや伊勢《いせ》参りのような物見遊山《ゆさん》の旅が増えたとはいえ、いまも道中に危険は付きものだ。掏摸《すり》や追剝《おいはぎ》はもちろんのこと、怪我や病も恐ろしい。大勢の講中でも思わぬ災難が起こるのに、若い男女の二人旅で何もないはずがない。お貫はより語気を強めて訴えた。

「お相手が旅慣れているならまだしも、小間物屋の手代だとか。その人だって江戸から出たことがないんでしょう？　お嬢さんはどこの誰を頼って、駆け落ちするつもりなんですか」

矢継ぎ早に言い立てられて、お珠はふくれっ面《つら》になる。もともと佐七が好きなだけで、駆け落ちについてきちんと考えていないのだ。

「お嬢さんにこんなことを言うのは、あたしの父親も親に逆らって母親と一緒になり、さんざん苦労したからです。『死ぬまで一緒』と誓っていても、貧乏暮らしに耐えかねて気が変わることはありますから」

自分の母親は赤ん坊のお貫を捨ててひとりで逃げたと伝えれば、お珠は「馬鹿にしないで」とむきになった。

「あたしはあんたのおっかさんと違う。死ぬまで佐七さんと連れ添《そ》うわ」

「それはご立派なお覚悟ですけれど……おふみさん、ちょいと入ってきてくださいな」

お貫が声をかけると茶の間に面した襖が開き、みすぼらしい身なりのくたびれた女がうつむきがちに入ってきた。

「こちらはおふみさんと言って、尾張名古屋《おわりなごや》のさる大店のお嬢さんです。店の手代の房吉《ふさきち》さんと恋仲になり、駆け落ちしたのが去年の暮れ。ところが、江戸に着いて間もなく、おふみさんが破落戸《ごろつき》に絡《から》まれて、かばった房吉さんは大怪我を負ったんです」

その場に駆け付けた十手《じって》持ちが医者を呼んでくれたけれど、手当の甲斐なく房吉は亡くなった。知り合いもいない江戸にたったひとり残されて、おふみは途方に暮れたという。

「江戸に着いてさぁこれからというところで、惚れた相手に死なれてしまったんだもの。後を追うことも考えたそうですよ。ねえ、おふみさん」

「ええ、名古屋に帰る路銀《ろぎん》もなく、住むところも働き口もありません。でも、死ぬにも死に切れないでいたときに、やよいやさんの話を聞いたんです」

やよいやの店主なら、親身になって仕事の世話をしてくれる——おふみはその評判を頼りにこの店を訪ねた。そして、涙ながらにこれまでの事情を話し、仕立物の仕事をもらったという。

「お貫さんがいなかったら、あたしはどうなっていたことか。いずれお金が貯まったら名古屋に帰るつもりです」

駆け落ち相手がいなくなれば、江戸に居続ける意味はない。青太郎が納得する傍《かたわ》らで、お珠は泣きそうな顔をして振袖の長い袖を握っていた。

きっと我が身と重なって他人事《ひとごと》とは思えないのだろう。おふみはそんなお珠をじっと見つめた。

「房吉を好きになったことに後悔はありません。でも、駆け落ちをしたことは、いまも後悔しているんです。あたしが親の決めた相手に嫁いでいれば、房吉は死なずにすんだんですから」

おふみと目が合ったお珠は無言で唇を震わせる。青太郎はその機を逃さず、妹に声をかけた。

「おまえはこの話を聞いても、まだ佐七と駆け落ちしたいのか。もしものことがあったとき、おふみさんのように裁縫で身を立てたりできないだろう」

「………」

「佐七が病や怪我で稼げなくなったらどうするのさ。親が許した相手なら、実家に無心もできるだろう。でも、駆け落ちじゃ誰の手も借りられないんだよ」

山ほど習い事はしていても、どれも稼げるほどの腕はない。悔しそうに歯ぎしりするお珠を宥《なだ》めながら、青太郎はおふみを連れてきたお貫に感心した。

これが男の心変わりや、貧乏暮らしに嫌気が差したという話なら、お珠はきっと取り合わなかった。おふみの相手がおふみをかばって死んだから心を動かされたのだ。


田島屋に帰ると、お珠は青太郎の部屋までやってきた。

「兄さん、あたしはどう転んでも佐七さんと幸せになれないかしら」

昼間のやり取りがこたえたようで、お珠の望みは「佐七と一緒になる」から「幸せになる」に変わっていた。青太郎は神妙な顔つきでうなずいた。

「おまえの気持ちはよくわかる。だが、あたしだって好きな相手と添うことはあきらめたんだよ」

「えっ、そうなの」

お珠の中で、兄は女遊びをするだけのけしからん男だったらしい。妹の驚きぶりに青太郎は苦笑した。

「ああ、あたしが好きなのは、黒江町の三味線の師匠だった。でも、田島屋の内儀《おかみ》は務まらぬと、向こうから身を引かれたよ」

相手を思えばこそ、別れを選ぶ恋もある。都合よく話をまとめると、妹はうつむいて部屋を出ていった。

その後、両親とお珠の間でどんな話があったのか。翌々日の朝、青太郎は上機嫌の母親に呼び止められた。

「青太郎、お珠がようやく見合いを承知してくれました」

「へぇ、そりゃよかったね」

「おまえがあの子を諭してくれたそうね。ようやく田島屋の跡取りらしくなってくれて、私もホッとしましたよ」

久しぶりに母親からほめられて、青太郎はばつが悪くなる。

とはいえ、お珠もやっと大人になってくれたのだ。青太郎は胸を撫《な》で下ろし、すぐさまやよいに行った。

「おまえさんのおかげで本当に助かった。おふみさんにも礼を言いたいから、住まいを教えてもらえないか」

お珠が考え直したのは、駆け落ちがうまくいかなかったおふみに会ったせいだろう。いますぐ名古屋に戻れるよう礼金を弾《はず》むつもりで聞けば、「礼なら不要ですよ」とお貫は言った。

「あの人はあたしの知り合いで、東両国の芝居小屋で衣装を縫っている人ですから。お嬢さんの前で一芝居打ってもらったんです」

「それじゃ、尾張名古屋の大店の娘が駆け落ちしたって話は、根も葉もない作り話だったのかい」

「いえ、おふみさんというお嬢さんがいたのは本当です。でも、事情を知ったあたしが実家に文を送ったら、すぐに迎えが来ましてね。とっくに名古屋に帰りました」

では、箱入り娘が慣れない江戸でひとり裁縫をしているわけではなかったのか。青太郎はますます笑顔になった。

「おふみさんは運がよかったね。駆け落ち相手は亡くしたけれど、お貫さんのような口入れ屋に巡り合えたんだから」

普通の口入れ屋は駆け落ちの生き残りの面倒など見ないだろう。ほめるつもりで言ったのに、お貫は嫌そうな顔をする。

「あたしと巡り合ったところでいいことなんてありません。実家に戻ったって、おふみさんは針の筵《むしろ》ですよ」

娘が手代と駆け落ちしたと世間に広める親はいない。

だが、奉公人の口に戸は立てられない。おふみは因果《いんが》を含められた分家の跡取りか、奉公人と一緒になるだろうと、お貫は大きなため息をつく。

「おふみさんは一生、親にも亭主にも頭が上がりません。暮らしに不自由はしないでしょうが、こんなはずじゃなかったと泣き暮らす羽目《はめ》になるでしょうね」

「そう思うならどうして親に報《しら》せたんだい」

江戸でのひとり暮らしは大変でも自由だけはあったはずだ。青太郎に問い詰められて、お貫は小さく肩をすくめた。

「当の本人がそれを望んだんです。ひとり江戸で生きるより、生まれ育った名古屋に帰りたいって」

惚れた相手のためなら、これまでのすべてを捨てられる。

だが、その相手が死んでしまえば、捨てたすべてが惜《お》しくなる。そんなおふみの気持ちはよくわかるが、一度捨ててしまったものは元の形で戻ってこない。青太郎が遠い目をすると、お貫は小さく呟いた。

「唯一《ゆいいつ》の救いは、おふみさんが身籠《みごも》っていなかったことです」

お貫は駆け落ちした夫婦の許《もと》に生まれている。おふみに手を貸し、お珠を諫《いさ》めてくれたのは、ひょっとしてそのせいか。青太郎は訝しく思いながらも、感謝を込めて言い返した。

「でも、駆け落ちした夫婦の子だからって不幸になるわけじゃないだろう」

「えっ」

「お貫さんはお祖父《じい》さんの跡を継ぎ、やよいやを立派にやっているじゃないか。そりゃ、人より苦労するかもしれないが、不幸になると決まったわけじゃない」

ここで自分が引き合いに出されると思わなかったのか、お貫は一瞬目を瞠り、照れくさそうに微笑む。

その化粧っ気のない顔がまるで年下の少女のようで、青太郎は目を離せなかった。

その四　忠義者

一

商人はとかく信心深く、何かと縁起を担《かつ》ぎたがる。

祝い事は必ず吉日を選び、寿命が延びるという初物を食べ、縁起の悪いものを避けながら厄払いに余念がない。

だが、本気で神や仏を信じる者は少ないはずだと、徳一《とくいち》は思っている。

この世は金のあるやつだけがいい目を見る。神や仏がいるのなら、真面目《まじめ》な働き者がもっと報《むく》われるべきじゃないか。

もっとも、そういう徳一だって寺社詣《もう》でや縁起担ぎを止《や》められない。これと言って神や仏に助けられた覚えはないけれど、神信心を怠《おこた》るともっと不幸になりそうで恐ろしい。

徳一は信濃《しなの》の小作の子として生まれ、浅間山《あさまやま》が噴火した年に両親と江戸に逃げてきた。その道中は食うや食わずの悲惨《ひさん》なものだったから、辿《たど》り着いた江戸の豊かさを見て思わず目をこすってしまった。

故郷で米を食っているのは金持ちと殿様だけだったのに、江戸では長屋住まいの町人だって白い飯を食べている。ここなら親子三人で幸せに暮らせるに違いない。そう幼《おさな》い胸を弾《はず》ませた矢先に、身を寄せていた本所の寺で両親が相次いで亡くなった。

いまにして思えば、三人揃《そろ》って江戸に辿り着いたことこそが奇跡だったのかもしれない。両親は故郷にいるときから、自分の食べる分を削って息子に食べさせていたのだから。
しかし、右も左もわからない江戸に八つの子が残されて、一体何ができるのか。徳一は骨と皮ばかりの亡骸《なきがら》に縋《すが》りつき、「おいらを置いていかないで」と泣きわめくことしかできなかった。そこにたまたま居合わせた本八丁堀《ほんはっちょうぼり》二丁目の米屋、いすゞや八郎右衛門《はちろうえもん》が憐《あわ》れな子供を見るに見かね、連れ帰ってくれたのである。

——浅間山が火を噴《ふ》いて、信濃の百姓衆がひどい目に遭《あ》っていることは聞いている。米を商《あきな》う者として見て見ぬふりはできないよ。

八郎右衛門はその前年に跡取り夫婦を出先の火事で亡くしていた。本所の寺を訪れたのも墓参りのためだった。きっと、亡骸にしがみつく徳一に同じように親を亡くした孫の姿を見たのだろう。

八郎右衛門の孫の太郎《たろう》は徳一より四つも年下だが、当時は太郎のほうが大きかった。後で徳一の年を知った八郎右衛門は目と口を大きく開けて驚いていた。

——てっきり、うちの孫と同じくらいだと思ったよ。それなら兄貴分として、太郎の面倒を見てやってくれ。

徳一はこうして、いすゞやの小僧となったのである。

読み書き算盤《そろばん》は坊ちゃんの太郎と共に習い、行儀作法や言葉遣《づか》い、さらに仕事のやり方は手代や番頭に教わって、懸命に働くこと三十二年。いまではいすゞやのすべてを取り仕切るしっかり者の番頭だ。恩人の八郎右衛門は八年前に亡くなり、跡を継《つ》いだ太郎が二代目八郎右衛門を名乗っている。

親に死なれた小作の子が江戸の米屋の番頭になる。

故郷の人が聞けば、「大した出世だ」と言うだろうし、徳一自身も「運がいい」と思っていた。先代の恩に報いようといすゞやのために働いて、いまわの際《きわ》の「太郎を頼む」という遺言を忠実に守ってきたのである。

しかし、四十になったいま、「自分は本当に運がよかったのか」と思い悩むことが増えた。

幼くして親を亡くし、祖父に育てられた太郎は甘ったれでわがままな子供だった。先代はかわいい孫を面と向かって叱《しか》れずに、「おまえがついていながら」と徳一が怒られることが多かった。

そんな子供が大人になって、立派な商人になるわけがない。二代目八郎右衛門を名乗ってはいるものの、商いそっちのけで下手《へた》な絵ばかり描いている。そんな夫に愛想《あいそ》を尽かし、嫁は先代が亡くなるとすぐ実家に帰ってしまった。

その後、徳一は口を酸《す》っぱくして「早く後添《のちぞ》いをもらって、跡取りを作ってください」と主人に懇願し続けたが、本人は聞く耳を持たなかった。

――口うるさい嫁なんてもうこりごりだ。うちは三鈴屋《みすずや》の分家だし、いすゞやを継ぐのは、あたしの子でなくてもいいじゃないか。

絵筆片手にそう言われ、徳一は頭が痛くなった。

三鈴屋は浅草田原町《たわらまち》にある老舗《しにせ》の米問屋である。先代八郎右衛門はそこの番頭で、三鈴屋の出戻り娘と一緒になっていすゞやを始めた。

このまま二代目に子ができなければ、三鈴屋は自分の親族を養子にしろと言い出すだろう。それでは大恩《だいおん》ある先代の血が絶えてしまう。

しかし、いまでは八丁堀から日本橋一帯にかけて、「いすゞやの二代目は出来損《そこ》ないだ」という評判が広まっている。それを承知で嫁に来るのは、難ありの娘に決まっていた。

かくなる上は旦那《だんな》様の気に入りの芸者を囲って、子供だけでも作らせようか。生まれた子はわたしが立派な跡取りに育てればいい。

二代目に子育てを任《まか》せたところで、まともに育つとは思えない。いすゞやの三代目は忠義者の番頭がいなくとも、自ら商いの差配ができるように仕込まなければ——と思いかけたところで徳一は空《むな》しくなった。

先代に拾われてからずっと「お店《たな》大事」「旦那様大事」で働いてきたけれど、自分は所詮《しょせん》奉公人だ。徳一の頑張《がんば》りはすべて二代目のものになる。

その二代目は太郎と呼ばれた子供のころから、それが当たり前だと思っている。どんな面倒が起こっても、「徳一に任せる」の一言ですませてきた。この先も献身を続けたところで、自分が報われる日は来ないだろう。

先代だって元は三鈴屋の番頭で、出戻りのお嬢さんと一緒になって分家を立ててもらったのに。どうしてわたしは何の報いもないまま、先代への恩返しを続けないといけないんだい。

先代は立派な商人だったけれど、孫は育て損なった。自分はその失敗の尻拭《しりぬぐ》いを押し付けられたようなものである。

住み込み必須の手代と違い、番頭は通《かよ》いになって所帯を持つこともできる。徳一の両親は貧しさの中でみじめに息絶えたけれど、いまの自分なら親子三人で人並み以上の暮らしができるだろう。

しかし、自分が「通いになって所帯を持ちたい」と申し出ても、二代目は決して承知すまい。奉公人には年に二度の藪《やぶ》入りがあるが、徳一は小僧のころから一度として休んだことはなかった。

旦那様は商いのことなど何ひとつわかっていないくせに、わたしを顎《あご》でこき使うからたまらないよ。すべてわたしに任せきりで遊び歩いているなんて……本当に運がいいのは、旦那様のほうじゃないか。

このままいすゞやで働いていたら、自分はきっと後悔する。だが、二代目は恩人の孫であり、自分の幼馴染《なじ》みでもある。自分がいなくなればいすゞやが傾《かたむ》くとわかっていて、袂《たもと》を分かつのは気が引ける。徳一は仕事の明け暮れにどうすべきか考え続けたが、結局答えは出なかった。

米屋にとって、その年の米の出来ほど気がかりなことはない。

豊作の年は米の値が下がり、不作の年は値が上がる。だが、どんなに高値になったところで、売る米がなければ商売にならない。

江戸っ子の腹を満たす米は全国で作られる。江戸の外れの田圃《たんぼ》の稲がたわわに実っていようとも、その他の国が日照りや長雨に見舞われて不作になっては意味がないのだ。

今年は八月に入ってすぐ全国至るところから「例年になく豊作だ」という知らせが届いている。これで来年の収穫まで米が足りなくなることはないだろう。徳一が胸を撫《な》で下ろしたその直後、いすゞやの二代目が六十過ぎの下男を足蹴《あしげ》にし、その場で暇《ひま》を言い渡すという騒ぎが起こった。

その下男は為吉《ためきち》と言い、年のわりに腰が軽く、進んで雑用を引き受ける働き者だった。掃除や洗濯、台所の手伝いやちょっとした使い走りまで、こちらの意を汲《く》んですぐにやってくれる。本家の口利《き》きで奉公している十八の生意気な小僧より、はるかに役立っていた。

そんな使い勝手のいい男を手放すのはつらかったが、お飾りでも主人には逆《さか》らえない。翌八月二十日の朝、徳一は店の裏口に立ち、出ていく為吉に繰り返し頭を下げた。

「本当にすまない。この三年、おまえはよく働いてくれたのに、こんな形で追い出す羽目《はめ》になってしまって。これは少ないけれど、わたしからの見舞金だ。膏薬《こうやく》代の足しにでもしておくれ」

懐紙《かいし》に包んだ金を差し出しながら、徳一は改めて申し訳ない気分になった。朝の光の下で見ると、老いた顔に貼られている膏薬紙が痛々しい。きっと、着物の下にもたくさん貼られているのだろう。

しかも、蹴られた理由が「主人の部屋の掃除の際に描きかけの絵を跨《また》いだから」というのである。徳一もさすがに色をなして二代目を諫《いさ》めたが、相手は反省するどころか、不貞腐《ふてくさ》れたようにそっぽを向いた。

――主人が心血《しんけつ》を注いでいるものを跨ぐなんて、敬《うやま》っていない証《あかし》じゃないか。あたしは二度とあの顔を見たくない。明日の朝一番で追い出しとくれ。

へそを曲げた子供のような言い分に徳一は言葉を失った。

二代目の部屋は描きかけの絵であふれている。掃除をしようと思ったら、跨がないわけにはいかないのだ。

蹴飛ばされた為吉は勢いよく縁側から転がり落ちたという。打ちどころが悪ければ死んでいたかもしれない。徳一はいまさらながら青くなった。

「ところで、おまえさんはこれからどうするつもりだい。その身体《からだ》じゃ、すぐには働けないだろう」

昨夜のうちにこれまでの給金を渡したし、自分からの見舞金もある。しばらくは食べていけるだろうが、二代目の仕打ちを触れ回られたら厄介《やっかい》だと親切顔で申し出た。

「その怪我が治るまで、わたしが住むところを世話しようか。いくら打ち身だけだといっても、膏薬だらけのその姿じゃ買い物にも行きづらいだろう」

「お気持ちはありがたいですが、わっしの怪我は番頭さんのせいじゃありやせん。見舞金もいただいたし、どうか気にしないでおくんなせぇ」

「そっちこそ遠慮は無用だよ。わたしはおまえさんにさんざん助けられたんだ。怪我が治れば、次の仕事の口も利こうじゃないか。為吉の年じゃ、新しい仕事を探すのも骨が折れるだろう」

いすゞやでの仕打ちを黙っていてほしいという下心はあるものの、言った言葉に嘘《うそ》はない。それでも、為吉は首を縦に振らなかった。

「わっしの娘が池之端《いけのはた》で一膳飯屋《いちぜんめしや》をやっているんでさ。別れた女房そっくりの口うるさい女でね。あれこれ言われるのが面倒で離れて暮らしてきやしたが、これを機に厄介になろうと思いやす」

「そうだったのかい、それを聞いて安心したよ」

八丁堀と池之端は離れているから、いすゞやを知る者はいないだろう。何より、頼るあてのない年寄りを追い出すわけではないと知り、徳一は安堵《あんど》の息を吐く。そして、笑《え》みを浮かべて為吉を見た。

「安心して養生《ようじょう》できるおまえと違い、わたしはこれから大変だよ。うちの手代は仕事が遅いし、小僧の信太《しんた》は生意気盛りだ。おまえと違って、掃除や洗濯の手伝いなんてやりたがらないだろうからね」

いすゞやは米屋の中では小さな店だ。表の奉公人は番頭の徳一と手代が二人、小僧はひとりしかいない。家の中のことはすべて女中のお留《とめ》と下男の為吉がやっていた。

「おまえのようによく働く下男はめったにいない。旦那様も本当に困ったことをしてくれたよ」

ため息混じりに告げれば、掛け値なしの本音《ほんね》とわかったのだろう。しわ深い為吉の顔がほころんだ。

「次は下男じゃなく、女中を雇《やと》ったらどうですか。お留さんも女の話し相手がいたほうがいいでしょう」

「おまえの言い分はもっともだが、旦那様から『女中はひとりにしろ』と言われていてね」

為吉が奉公を始める前は、住み込みと通いの女中をひとりずつ雇っていた。だが、台所で主人の悪口を言っているのを二代目が耳にして、二人まとめてくびにした。いまは住み込みのお留がひとりで頑張ってくれている。

「女が二人もいると無駄口《むだぐち》ばかりで働かないと、旦那様がおっしゃるのさ。だが、安い給金で使われる奉公人ほど主人や番頭への不満を言うものだ。いちいち目くじらを立てていたら、奉公人なんて使えないよ」

徳一自身、手代や小僧から陰でいろいろ言われている。それを見逃すことができるのは、かつて自分も手代や番頭の悪口を言った覚えがあるからだ。

二代目は生まれたときから人に使われたことがない。坊ちゃん育ちのわがままに徳一はうんざりしていた。

「為吉だって旦那様のことをあれこれ言っていたからな」

「そういう番頭さんだって、わっしには遠回しに旦那様への文句を言っていたじゃありやせんか」

からかい混じりで返されて、徳一は頭を掻《か》く。

番頭は下の者に主人の愚痴《ぐち》を言ってはならない。だが、酸いも甘いも嚙《か》み分けた年寄りには愚痴をこぼすこともあった。

「これからは愚痴をこぼす相手もいなくなってしまうんだね。ますます先が思いやられるよ」

今後は新米の入荷に向けて米屋仲間の寄合《よりあい》も増える。その多くは徳一が参加するけれど、中には主人しか参加できないものもあった。

だが、めったに顔を出さない二代目がたまに寄合に顔を出すと、奇異の目で見られるらしい。今年も「行きたくない」とごねる姿が頭に浮かんだとき、為吉が気遣うような声を出した。

「番頭さんはこの先も旦那の尻拭いをし続けるつもりですかい」

いきなり真正面から切り込まれ、徳一は息を呑《の》む。返す言葉に困っていると、為吉が目を伏せた。

「番頭さんが先代に恩を受けたことは聞いていやす。でも、旦那をこのまま甘やかし続けることが先代への恩返しになるんですかね。番頭さんならここを辞《や》めても、よそでやっていけるでしょう」

自分でも考えたことがあるだけに、為吉の言葉が耳に痛い。徳一は無言で目をそらした。

二

両国の夏は八月二十八日に終わる。

川開きの大花火が夏本番の始まりなら、打ち止めの花火は秋本番の始まりだ。昼間の長さも目に見えて短くなっていき、吹く風も肌寒くなっていく。

そして九月になり、徳一はため息がめっきり増えた。進んで雑用をこなしてくれた為吉がいなくなっただけで、これほど仕事がやりにくくなるとは思わなかった。

お留の手伝いは小僧の信太に命じたものの、やはり文句ばかり言っている。お留も次第に不機嫌になり、このところは手抜き料理が続いている。この先も続いたら、八郎右衛門が「お留を辞めさせろ」と言い出すだろう。

ここは一日も早く新たな下男を雇わなくては。徳一は口入れ屋に行く支度《したく》をするため奥に向かい、おろしたての着物でめかし込んだ二代目とすれ違った。

「旦那様、そのような恰好《かっこう》でどちらに行かれるおつもりです」

「吉弥《きちや》から文が届いてね。ちょっと顔を見てくるよ」

吉弥は深川門前仲町《もんぜんなかちょう》の売れっ妓《こ》芸者で、二代目とは深い仲である。徳一は慌《あわ》てて主人を引き留《と》めた。

「旦那様、今夜は米屋仲間の大事な寄合がございます。芸者の顔など見に行っている場合じゃございません」

「大丈夫だよ。寄合は暮れ六ツ（午後六時）に両国米沢町《よねざわちょう》の梅川《うめかわ》だろう。ちゃんと間に合うように戻ってくるから」

ここで相手の安請《う》け合いを本気にしたら馬鹿を見る。徳一は主人の袖《そで》を持つ手に力を込めた。

「いけませんっ。芸者と会うのはいつだっていいじゃありませんか」

「野暮なことは言いなさんな。吉弥は重陽《ちょうよう》の節句《せっく》（九月九日）に合わせて、新しい着物を誂《あつら》えたっていうんだよ。それを着た姿を一番に見せたいんだってさ」

ならばなおさら、明日でも明後日《あさって》でもいいだろう。徳一はそう言って食い下がったが、浮かれた相手は耳を貸さない。袖を摑《つか》む手を強引に振り払い、逃げるように出ていってしまう。徳一は為《な》すすべもなくその後ろ姿を見送った。

あの浮かれ具合で本当に寄合に来るだろうか。明日の昼過ぎに帰ってきて、「吉弥に帰らないでと縋られた」と自慢混じりに言われたら……。

嫌な予感が頭をかすめたが、徳一は強く頭を振った。

いや、二代目もそこまで馬鹿ではないはずだ。その証拠に、寄合の日時と場所はちゃんと覚えていたではないか。徳一は不安と怒りと一縷《いちる》の希望を嚙みしめながら、店の奥へと歩き出した。

前はこういうことがあっても為吉に愚痴を言えたけれど、考えなしの主人のせいでそんなこともできなくなった。

とにかく最初の予定通り、急いで下男を雇うとしよう。徳一はよそ行きの羽織《はおり》に着替え、慌ただしく店を出た。

本所横網町のやよいやは、先代の知り合いが営《いとな》む口入れ屋である。下男の為吉や女中のお留はやよいや時三の紹介だった。

あと四日で後の出替わり（半年奉公の満了日）だな。為吉のように使い勝手のいい男が来てくれるといいんだが。

いすゞやが口入れ屋を通して雇うのは、もっぱら女中や下男ばかりである。徳一は先代に拾われていすゞやの小僧になったけれど、他の小僧と手代は本家や知り合いの紹介だ。それゆえ身元は確かでも、義理があるだけに扱いづらい。たとえ働きが悪くてもすぐに暇を出せないのだ。

徳一は数年ぶりにやよいやの前に立ち、声をかけて戸を開ける。すると、見覚えのある帳場《ちょうば》格子《ごうし》に見覚えのない人物が座っていた。

「いらっしゃいまし。奉公人をお探しでしょうか」

朗《ほが》らかに声をかけてきたのは、初めて見る若い女である。徳一は店を間違えたかと、思わず辺《あた》りを見回した。

「あの、ここは口入れ屋のやよいやじゃ……」

「はい、そうです。ああ、お客さんはここ二年ばかり、うちに来なかったんですね」

髪を櫛《くし》巻《ま》きにした女が納得顔で顎を引く。そして、「あたしは先代時三の孫で、貫と言います」と頭を下げた。

「祖父も寄る年波には勝てなくて、二年前にあたしがやよいやを継ぎました。二十二の小娘じゃ頼りないと思われるかもしれませんが、いい人を紹介いたしますよ。どうか上がってくださいな」

「あ、ああ」

徳一は面食らいながらも、促《うなが》されるまま店に上がった。

初めてやよいやを訪れたのは、三十年近く前のことだ。先代に連れられて、太郎の面倒を見てくれる女中を頼みにきたのである。

時三は商人とは思えないほど愛想がなかったが、紹介された女中は愛嬌《あいきょう》のある働き者で、太郎はすぐさま女中に懐いた。ただ二年で嫁に行ってしまい、泣いて暴れる太郎を宥《なだ》めるのが大変だった。その後も女中や下男が必要になると、大川を渡ってやよいやに行った。

時三とは似ても似つかぬ色男の息子にも、二、三度会ったことがある。その息子が駆け落ちをしたと何かの折に聞いたものの、息子に娘がいたことや二年前に代替わりしたことは知らなかった。

「時三さんの孫ってことは、春平さんの娘さんかい」

「あら、父のこともご存じですか」

いまもやよいやに来る客で春平を知る者は少ないらしい。驚きをあらわにしたお貫の顔は、父の春平よりも祖父の時三に似ている気がした。

「いくら時三さんが年だからって、その若さで口入れ屋を継ぐのは大変だろう。春平さんはどうしているんだい」

「父はとっくの昔に亡くなりましたよ。あたしがやよいやの先代に引き取られたのは、八つのときですから」

では、この娘も自分と同じように八つで親と死に別れたのか。徳一は驚くと同時に、不思議な縁を感じてしまった。

「子供のころに引き取られたのなら、ここで会っているはずなんだが……いままでどこにいたんだい」

「あたしはじいちゃんと仲が悪くて、すぐ奉公に出たんです。この店を継げたのも、奉公先の旦那さんの口添えがあったからですよ」

お貫の口ぶりから察するに、時三は孫娘に継がせたくなかったようだ。

それは若い娘に口入れ屋の主人が務まらないと思ったからか、それとも駆け落ちした息子の子に店を譲りたくなかったからか。徳一はにわかに気まずくなり、改めて店の中を見回した。

パッと見はあまり変わっていないが、掃除が行き届いている。以前は男所帯のせいか、障子の桟《さん》や畳《たたみ》の端《はし》に埃《ほこり》や塵《ちり》が残っていた。

しかし、若い女が主人では何かと侮《あなど》られやすいだろう。客の中にはガラの悪い男もいるだろうに、二年も店を守っているなんて大したものだ。うちの旦那は子供のころからいすゞやの跡取りとして育てられておきながら、どうして何もできないのか。

比《くら》べたところで意味などないとわかっていても、徳一はお貫と二代目を比べてしまう。「年寄りっ子は三文《もん》安い」と言うけれど、先代は孫息子をもっと厳《きび》しく育てるべきだった。ため息をこらえてうつむくと、膝前《ひざまえ》にお茶を差し出された。

「顔色がよくないようですし、まずは一服なすってください。ところで、お名前をうかがってもよござんすか」

差し出された湯呑《ゆのみ》は新品のようにきれいだった。かつては茶渋で汚れていたことを思い出しつつ、徳一は慌てて頭を下げる。

「お気遣いをいただき、ありがとうございます。手前は八丁堀の米屋いすゞやの番頭で、徳一と申します。以前、時三さんに世話してもらった下男の為吉が暇を取ったので、ぜひまた働き者を紹介してもらいたいと思いまして」

　都合の悪いことは伏せたまま、こちらの用件を口にする。お貫はなぜか困ったように眉を寄せた。

「あら、為吉さんのほうから暇を取ったんですか」

「ええ、年も年だし、一膳飯屋をしている娘の世話になるそうです」

「でも、為吉さんからは『いすゞやの旦那に足蹴にされて暇を出された』と聞きましたよ。いまは打ち身がひどいから、娘の世話になるしかないって」

　怪訝《けげん》そうに言い返されて、徳一はひそかにうろたえる。あの膏薬だらけの身体でわざわざ本所に来るとは思わなかった。

　池之端に行くのなら、いずれ仕事を探すにしても別の口入れ屋に行くと思ったのに。奉公先での出来事をすぐさま告げ口するとは思わなかったよ。

　やはり、為吉が店を出ていくときにはっきり口止めすべきだった。徳一が後悔していると、お貫が上目遣《うわめ》いでこっちを見る。

「あの、為吉さんを悪く思わないでくださいよ。うちが世話した奉公先でひどい目に遭ったときは、必ず知らせてくれと昔から言っているんです」

　口入れ屋は雇う側と雇われる側の双方から周旋《しゅうせん》料をいただく。問題のある奉公先、もしくは奉公人だとわかったときは、やよいやの口入れ台帳に載《の》せないことにしているという。

「お店《たな》の内情は外から見たんじゃわかりません。それに誰だって都合の悪いことは言わないでしょう」

為吉は先月二十二日にやってきて、二代目の仕打ちだけでなく、いすゞやの内情も洗いざらいお貫に語ったらしい。徳一が居たたまれない思いでいると、お貫が言い訳がましく付け加えた。

「でも、為吉さんは言っていましたよ。いすゞやの主人はともかく、番頭さんは義理堅くていい人だって。下男を探しに来たら、ぜひいい人を世話してやってくれと頼まれました」

ならば、為吉の件には目をつむって下男を世話してくれるのか。期待を込めてお貫を見れば、相手は「でもねぇ」と眉を寄せた。

「正直、あたしは気が進みません。新たに世話をした人まで怪我をさせられてしまったら、やよいやの信用にかかわります」

「そうおっしゃらず、お願いします。あの日はたまたま旦那様の虫の居所《いどころ》が悪かっただけなんです。普段はおとなしい人なんですよ」

坊ちゃん育ちの二代目はこらえ性《しょう》こそないけれど、本来乱暴な人ではない。あの日は店先で「いすゞやの主人はどうしようもない」と客が話しているのを聞き、その直後に自分の絵を跨ぐ下男を見てしまったのだ。そんな裏の事情を打ち明けても、お貫は険《けわ》しい表情を崩さなかった。

「だとしても、年寄りを足蹴にして怪我をさせ、次の日の朝に追い出すなんてあんまりです」

「ですから、手前は為吉に住むところを用意しようと申し出ました。仕事も怪我が治り次第、世話をするつもりだったんです」

それを断ったのは為吉であり、いすゞやが問答無用で追い出したわけではない。顔色を変えて訴えれば、お貫はようやくうなずいた。

「はい、それも為吉さんから聞いています。それでも迷っていましたが、番頭さんにお会いして決心しました。いすゞやさんのことはうちの帳面に載せましょう。ただし、紹介するお客には為吉さんがどんな目に遭ったかも伝えます」

「ちょっと待ってくれ。そんなことをされたら、まとまる話もまとまりゃしない。うちは時三さんのころからの長い付き合いじゃないか。代替わりをしたとはいえ、顔を立ててくれたっていいだろう」

お貫が考えを変えないなら、他の口入れ屋に行くしかない。とっさに睨《にら》みつけた徳一に怯《ひる》むことなく、若い女主人は睨み返した。

「そういうことをおっしゃるなら、あたしも客の素性《すじよう》を隠したまま周旋させてもらいますよ」

「おい、それはないだろう」

手癖《てくせ》の悪い人間を紹介されたら、取り返しのつかないことになる。目を吊《つ》り上げた徳一にお貫は冷ややかな目を向けた。

「ですが、番頭さんがおっしゃったのは、そういうことじゃありませんか。奉公先も奉公人も口入れ屋にとっては大事な客です。片方の肩を持ち、もう片方を騙《だま》すようなことはできません」

筋の通った言い分に徳一は何も言い返せない。こうなったら別の口入れ屋に頼もうと思ったとき、「ご心配なく」とお貫は笑った。

「為吉さんにも頼まれましたし、いすゞやさんの顔を潰《つぶ》すようなことはしません。すべて承知で、いすゞやで働きたいという人を探します」

「……そんな人がいるのかい」

「ええ、若いころのやらかしが祟《たた》って、仕事に就《つ》けない人は意外と多いんです。そういう人が真面目になると誰よりもよく働きます」

どうやらこちらの弱みに付け込み、脛《すね》に傷を持つ輩を周旋するつもりのようだ。とたんに身構える徳一に、お貫は責めるような目つきになる。

「いすゞやさんだって誰もが奉公を望むようなお店《たな》とは言えないでしょう。えり好みができる立場ですか」

その言い草は癪《しやく》に障《さわ》るが、その通りだから言い返せない。

ここは頑固《がんこ》に筋を通すお貫を信用してみるか。周旋された人物が気に入らなければ、そのとき断ればいいだけだ。徳一は不承不承《ふしようぶしよう》承知した。

三

嫌な予感ほどよく当たる。

徳一が恐れていた通り、二代目八郎右衛門は暮れ六ツが近くなっても、いすゞやには戻らなかった。一縷の望みをかけて梅川に行ってみたけれど、まだ来ていないという。

手代を芸者置屋に走らせても、「吉弥はいすゞやの旦那と出かけた」ということしかわからない。そして、翌二日の昼になって、寄合をすっぽかした二代目は何食わぬ顔で戻ってきた。

「徳一、昨夜はすまなかったね。あたしは戻ろうとしたんだけど、吉弥がなかなか帰してくれなくてさ」

さすがに後ろめたいのか、番頭の顔色をうかがっている。

いまになって謝《あやま》るのなら、どうして寄合に来ないのか。徳一は込み上げる怒りに震えながら、

「さようですか」と冷たく答えた。

毎年九月一日に、江戸の米屋仲間は地域ごとに寄合を行う。日本橋南から八丁堀、霊岸島《れいがんじま》の米屋の場合、両国米沢町の梅川に集まることが習わしだった。

これから入荷する新米の扱いについて、すべての米屋が足並みを揃えることを誓い合う。この寄合に参加しないとまともな米屋として認められない。

二代目もそれは承知のはずなのに一体どうしてしまったのか。徳一は昨夜、梅川の前で主人の到着を待ちわびた。

店の女中の気の毒そうなまなざしと、通りすがりの人の目がひどくうっとうしかったけれど、文句を言うわけにもいかない。暮れ六ツ半（午後七時）になったところで、徳一は寄合のまとめ役から座敷に呼ばれた。

ここにいない主人に代わって、「いすゞやは寄合での決まりごとに従う」という念書を書けというのである。本来、番頭が書いていいものではないが、徳一は用意された文机に向かった。

――噂《うわさ》には聞いていたが、いすゞやの番頭は大変だな。

——あそこは三鈴屋の分家だろう。本家はこの有様を知っているのか。

——番頭の手に負えないなら、三鈴屋から新たなお目付役を置くべきだろう。

——先代は立派な商人だったがなぁ。一体誰に似たんだか。

いくら声を潜《ひそ》めていても、耳が勝手に拾ってしまう。徳一は奥歯を噛みしめて、筆を持つ手に力を込めた。

ここでみっともない字を書けば、ますます物笑いの種《たね》になる。案外、二代目も似たような思いをしていたのか。

だが、それは自業自得、身から出た錆《さび》というものだ。常日頃から商いに精を出し、主人の務めを果たしていたら、胸を張ってこの場にいられただろう。怠《なま》け者の主人のせいで肩身の狭い思いを強《し》いられる番頭の自分とは違う。

徳一は二代目への怒りを募《つの》らせながら、どうにか念書を書き上げる。その後は息を殺して座敷の隅に座っていた。

傍《はた》の目が気になって、主人のために用意された膳に箸《はし》を付けることもできない。作り笑いを浮かべながら、一刻も早く寄合が終わることを祈っていた。

そして、待ちに待った夜五ツ（午後八時）の鐘が鳴り、寄合が無事にお開きとなる。誰もいなくなった座敷の中で、徳一はしばらく立ち上がることができなかった。

だが、あまり長居をすれば、店の邪魔になるだろう。両手をついてどうにか立ち上がったとき、梅川の女将《おかみ》が現れた。

——いすゞや様の料理を詰めさせていただきました。どうぞ、お持ち帰りになってくださいまし。

主人でもめったに味わえない梅川の料理である。徳一は女将に礼を言って折詰を持ち帰ったが、心身ともに疲れ切って箸をつける気になれない。結局、そのままお留にやった。

いまにして思えば、ちょっともったいなかったな。梅川の料理なんて二度と食べられないかもしれないのに。

ぼんやりそんなことを考えていたら、二代目は番頭が怒っていないと思ったらしい。ホッとしたような笑みを浮かべた。

「さて、徳一に詫《わ》びたことだし、あたしは湯屋に行ってくる。昨日はずっと吉弥と一緒で、風呂に入れなかったから」

こっちだって場違いな寄合で疲れ果て、湯屋どころではなかった。堪忍袋《かんにんぶくろ》の緒が切れて、徳一は声を荒らげた。

「わたしに詫びてすむ話じゃありません。どうして、昨日の寄合に来てくれなかったんですか」

「徳一、急にどうしたのさ。あたしの代わりに、おまえがちゃんと出たんだろう」

「昨日は米屋の主人が集まる寄合です。旦那様に来ていただけなくて、手前がどれほどみじめな思いをしたことか」

「だから、いま謝ったじゃないか。今日に限って、どうしてそんなに怒るんだい」

そっちこそいすゞやの主人になって八年も経《た》つのに、なぜそんなこともわからないのか。子供のように不貞腐れる相手を見つめ、徳一は鼻の奥がつんとした。

いくら先代に恩があると言っても、これ以上は付き合いきれない。徳一は二代目八郎右衛門を睨みつけた。

「おまえにすべて任せると言うだけなら、主人は幼子《おさなご》だって構いません。三十六にもなって、恥ずかしくないんですか」

「そんなのいまに始まったことじゃないだろう。どうして急にそんなことを言い出したのさ」

「手前は先代がおられるころから、もっと商いに精を出してくれとさんざん申し上げてまいりました。お年を召した先代が死ぬまで隠居をしなかったのは、誰のせいだと思っているんです」

奉公人から身を起こした先代八郎右衛門である。本来なら早めに隠居して、のんびり余生を過ごしたかったに違いない。

だが、妻と息子夫婦に先立たれ、残された孫はいつまでたっても頼りない。そのせいで死ぬまで働かざるを得なかったと言えば、二代目は顔をしかめた。

「じいちゃんが死んだのは、あたしが二十八のときじゃないか。それより早く店を継ぐ人は少ないよ」

親子ならそうかもしれないが、祖父と孫なら話は別だ。徳一がそう言おうとすると、二代目が呟《つぶや》いた。

「それに、あたしは好きでいすゞやを継いだわけじゃない。本当は絵師になりたかったのに」

いすゞやの跡取りに生まれたおかげでいい思いをしておきながら、よくそんな身勝手が言えたものだ。カッとなった徳一はとどめの台詞《せりふ》を口にした。

「でしたら、いまからでも遅くありません。いすゞやを畳《たた》んで、絵師になればいいでしょう」

忠義者のまさかの返事に二代目はうろたえ、目を瞠《みは》った。

「旦那様には跡を継ぐお子もいらっしゃいません。いずれ店を畳むことになるのなら、いまから思う存分お好きなことをなすってくださいまし」

「そ、そんなことを言っていいのかい。いすゞやが潰れたら、おまえが一番困るはずだよ」

「手前はまだ前厄《まえやく》の前ですし、よそのお店《たな》でも働けます。他の奉公人も働き口はあるでしょう。心配は無用です」

怯むことなく断言すれば、主人の顔から血の気が引く。自分に甘い番頭がここまで言うとは思わなかったに違いない。

「先日は下男に怪我をさせて暇を出し、昨日は大事な寄合をすっぽかす。こんなことが続いたら、いすゞやは早晩行き詰まります。いますぐ心を入れ替えて真面目に商いをするか、店を畳んで筆一本の絵師になるか。旦那様がお決めになってくださいまし」

もう、お飾りの主人でいることは許さない――徳一の覚悟が伝わったのか、二代目は青い顔でうつむいた。

器用とは言い難い二代目が好んで絵を描くようになったのは、跡取りとしての教えが本格的になったころだ。

孫に甘い先代も、孫の「絵師に弟子入りしたい」という望みだけはかなえなかった。本人はそれをいいことに「我流で上達しなかった」と言い張っている。

この先何がどう転んでも、二代目が絵師になれるはずがない。本人もそれをわかっていて、商いから逃げる言い訳にしているのだ。その逃げ道を塞《ふさ》がれたら、さすがに肚《はら》をくくるだろう。

そして四日後の昼下がり、徳一は主人の部屋に呼ばれた。

「徳一、いままですまなかったね。おまえにあそこまで言われて、あたしもようやく目が覚めたよ」

いつになく真剣な主人の表情に徳一は安堵した。

できればもっと早く目が覚めてほしかったけれど、いまさら嘆《なげ》いても始まらない。大事なのはこれからだと、心のふんどしを締め直したときだった。

「あたしはおまえにいすゞやを譲り、隠居することにした。もちろん、承知してくれるだろうね」

まったく予期せぬことを言われて、瞬《まばた》きを忘れて主人を見る。どうしてそうなるのかと掠《かす》れる声を絞り出した。

「旦那様、冗談はおよしください」

「あいにく、あたしは本気だよ」

本当は絵師に弟子入りして、きちんと絵を学びたかった。だが、息子に先立たれた祖父に「いすゞやを継ぎたくない」とは言えなかった。

祖父の死後は自分の生まれた店を守ろうと思ったけれど、絵師になりたいという思いを断ち切れない。その結果、商いは番頭任せになったという。

「あたしは生まれつき商いに向いていない。でも、いすゞやの看板を下ろしたら、あの世のじいちゃんたちが悲しむだろう。だから、兄弟同然のおまえに継いでもらおうと思ってね」

徳一は先代に拾われて一人前の商人になった。いまだっていすゞやの大黒柱だし、祖父も徳一が跡を継ぐなら納得してくれるだろう――あっと驚く申し出をされて、徳一は「とんでもない」と頭を振った。

「旦那様は手前よりもお若いんです。いまから隠居なんてなすったら、それこそ先代が悲しみます」

「そんなことはないよ。あたしが下手に手を出せば、店が傾くだけじゃないか」

「ですが」

「あたしはやりたくもない商いをさせられて、『お飾りの主人』と見下《みくだ》されるのは、もうたくさんだ。おまえだって主人になれば、大手を振って九月一日の寄合に出られるようになるんだよ」

その刹那《せつな》、徳一は梅川での寄合を思い出した。

主人のために用意された膳に手を付けることもできず、周囲の白い目や蔑《さげす》みに耐えながら、じっと目の前の人を待ち続けたことを。

「あたしは早くに両親に死なれて親ってものがわからない。だから子がほしいとも思わないんだ。徳一はこれから嫁をもらったって、ちゃんと子ができるだろう。その子をいすゞやの跡取りにすればいいじゃないか」

次いで頭に浮かんだのは、痩《や》せ衰えて亡くなった両親の死に顔だった。

食うや食わずで江戸に逃げてきた小作の子が、江戸の米屋の主人になる。さらにその子が店を継げば、草葉の陰の両親だってきっと喜んでくれるだろう。徳一はごくりと唾《つば》を呑んだ。

「でも、本家が何と言うか」

「本家が何と言っても聞くものか。あたしはいますぐ隠居をして、思う存分絵を描きたい。三鈴屋の倅《せがれ》が大人になるまで待ってなんかいられないよ」

本家である三鈴屋九郎兵衛《くろべえ》には三人の息子がいる。しかし、跡取りの長男でさえ十五になったばかりである。勢いよく断言されて、徳一も覚悟を決めた。

「……本当に、手前がいすゞやの主人となってよろしいのですね」

「ああ、あたしがこの世で一番信用しているのは、おまえだもの。徳一ならあたしが隠居しても、蔑《ないがし》ろにしたりしないだろう？」

念を押すように問いかけられて、徳一も力強くうなずいた。

四

徳一の両親の墓は、先代八郎右衛門やその妻子が眠る本所の寺のそばにある。九月八日の朝、徳一は数年ぶりに両親の墓参りにやってきた。

よろずものぐさな二代目は自ら進んで祖父母や両親の墓に参ったりしない。徳一は主人を引きずるようにして祥月命日《しょうつきめいにち》や彼岸《ひがん》の墓参りをさせていたけれど、その近くにある自分の両親の墓に足を延ばす暇がなかった。

久しぶりに見る両親の墓はひときわ粗末で、傷《いた》みが目立つ。

だが、知り合いもいない江戸で行き倒れて死んだことを思えば、墓があるだけましだろう。徳一は持参の花と線香を供《そな》え、静かに手を合わせた。

おとっつぁん、おっかさん。わたしはいすゞやを継ぐことになりました。これから家族も作ります。どうか、あの世から見守っていてください。

心の中でそっと告げれば、口元に笑みが浮かぶ。

いままでは商いに加え、二代目のわがままに時間を奪われていたけれど、これからは違う。両親の墓をもっと立派なものにしなければと思いながら、徳一はそっと手を下ろした。

先代の遺言を守り、旦那様に尽くしてきた甲斐《かい》があった。わたしはやっぱり運がよかったんだね。

徳一は改めてそう思い、先代の墓に向かおうとして落ち葉に滑《すべ》って転びかけた。墓地の外れのこの辺りは誰も掃除をしないらしい。

一方、先代の墓のある一帯はきれいに掃《は》き清められている。あからさまな扱いの差に徳一はひとり憤慨《ふんがい》した。

貧乏人は仏になっても蔑ろにされるのかい。僧侶にとって掃除は大事なお勤めのひとつじゃないか。目立つところだけきれいにしてもお釈迦《しゃか》様は喜ばないよ。

心の中でぼやきながら、恩人の墓に手を合わせる。そして、ふとやよいやで出された湯呑のことを思い出した。

小僧のころ、徳一はよく洗い物の手伝いをさせられた。茶渋をあれほどきれいに落とせるなんてすごいことだ。

嫁探しはいっそ、やよいやの手を借りようか。あそこは妾《めかけ》の周旋もしていたし、妾になるほど金に困っている女なら、元は貧しい小作の子の自分でも見下すようなことはないだろう。

徳一は幸せな将来を思い浮かべ、浮かれ気分で寺を出る。そして、いすゞやに戻ったとたん、手代が血相《けつそう》を変えて寄ってきた。

「番頭さん、お帰りなさいまし。三鈴屋のご主人がお待ちです」

思いがけない来客に徳一は眉をひそめた。

まさか、二代目と話したことがもう耳に入ったのか。内心の動揺を押し隠し着物を直して襖《ふすま》を開ければ、こっちを見た九郎兵衛と目が合った。

「お待たせして申し訳ございません。本日はどのような御用でしょう」

何食わぬ顔で尋《たず》ねながら、徳一はひそかに身構える。

三つ年上の九郎兵衛は大店の主人のくせに痩せぎすで、目だけが大きくギョロリとしている。今日は朽葉《くちば》色の秋らしい着物を着ているので、まるで落ち葉の下から獲物を狙《ねら》うカマキリのようだ。

続いて二代目に目をやれば、青い顔でうつむいている。いよいよ嫌な予感がしたとき、「この恩知らずっ」と九郎兵衛に怒鳴《どな》られた。

「忠義の白鼠《しろねずみ》のふりをして、よくもいままで騙してくれたね。世間知らずの主人を丸め込み、奉公先を乗っ取ろうとするなんて」

徳一はうろたえながらも、「お待ちください」と声を上げた。

「手前がいすゞやを乗っ取るなんて、とんでもない誤解でございます。今度のことは旦那様が」

「主人から言い出したことだとしても、自分より年上の番頭に店を継がせるなんておかしいじゃないか。そんなことを言われたら、主人を諌めるのが本当の忠義者というものだよ」

こちらにみなまで言わせず、九郎兵衛が強引に言葉をかぶせる。二の句に困った徳一は顔色の悪い主人を見た。

まさか、本家の旦那に責められて、わたしひとりを悪者に仕立てたんじゃなかろうね。「いますぐお飾りの主人を辞めたい」と、どうして言ってくれないんです。

だが、頼みの綱の二代目は頑《かたく》なにこっちを見ようとしない。徳一は九郎兵衛の誤解を解こうと必死になった。

「で、ですから、手前もそう言って旦那様を諌めました。それでもいますぐ隠居をしたいと言い張られて……」

「だから、おまえが継ぐってのかい。先代に拾われた行き倒れの子が図々《ずうずう》しい。いすゞやはうちの次男に継がせる。八郎右衛門も承知したよ」

「お待ちください。三鈴屋さんの次男と言えば、まだ子供じゃありませんか。いすゞやの主人は務まりません」

　本当は二代目が言うべき台詞を徳一が代わって口にする。九郎兵衛はそれでも動じることなく、ニヤリと笑った。

「おまえの言う通り、十二の子に商家の主人は無理だろうね。だが、いますぐ跡を継がなくてもいいじゃないか。八郎右衛門は病《やまい》で寝たきりというわけじゃなし、三十六で隠居するほうがおかしいのさ」

　十年経てば九郎兵衛の次男は二十二、八郎右衛門は四十六になる。その年でも隠居するには早すぎるくらいだと九郎兵衛はうそぶいた。

「私と八郎右衛門は又従兄《またいとこ》弟、血の繫《つな》がった私の子がいすゞやを継ぐのが筋だろう。その又従兄弟に頼まれたから、おまえをいますぐ追い出すのは勘弁《かんべん》してやる。だが、ちょっとでもおかしな了見《りようけん》を起こしたら、今度こそタダじゃ置かないよ」

　九郎兵衛はそう言って、後ろも見ずに座敷を出ていく。二人きりになった座敷で、徳一は主人を問い詰めた。

「旦那様、これはどういうことですか」

　本家から横槍が入るのはわかった上で、自分にいすゞやを譲ると言ったではないか。それに一昨日《おととい》決まったばかりのことをどうして九郎兵衛が知っている。徳一の剣幕に二代目がうなだれたまま口を割った。

「……小僧の信太は三鈴屋の回し者だったんだ。あいつがあたしたちの話を盗み聞きして、三鈴屋に報《しら》せたんだよ」

「だとしても、どうして十年後に継がせるって話になるんです。旦那様はもうお飾りの主人は真《ま》っ平《ぴら》だ、すぐにでも隠居したいとおっしゃっていたじゃありませんか」

二代目の決心が揺るがないと思ったから、自分もいすゞやを継ぐ気になったのだ。それなのに、どうして恩知らずの不忠者にされるのか。

苛立《いらだ》ちもあらわに詰め寄れば、八郎右衛門が口を尖《とが》らせた。

「あたしだってそのつもりだったけど、仕方ないだろう。本家の主人に強く出られたら、分家は逆らえない。おまえにはすまないけれど、いすゞやを譲る話はなかったことにしておくれ」

さんざん夢を見させておいて、いまさらそんなことを言うのか。言葉を失う徳一を見て、八郎右衛門も多少は気がとがめたらしい。眉尻を下げて言い訳をした。

「あたしだってつらいんだよ。あと十年もお飾りの主人を続けなくちゃいけないんだから」

「………」

「それに九郎兵衛さんはおまえを追い出して、三鈴屋から番頭を送り込もうとしたんだよ。あたしはそれだけは嫌だと言い張って、おまえを守ってやったんだからね」

さらに恩着せがましい言葉が続き、徳一はますます腹が立った。

どうせ三鈴屋の番頭が相手じゃ、いままでのような好き勝手ができなくなるからじゃないか。よく手柄顔で言えたもんだ。

十年後、二代目は四十六だが、徳一は五十になる。三鈴屋の次男が店を継げば、その場でお払い箱になるだろう。そこから新たな奉公先を探したところで、ろくなところは見つかるまい。向こうが約束を破ったのだから、今度という今度は見切りをつけてやる。いまならまだ新たな奉公先で働けると思ったとたん、二代目が急に目を眇《すが》めた。

「まさか、あたしを見捨てて出ていく気じゃないだろうね」

子供のころからの付き合いで、口に出さないこちらの気持ちを察したらしい。逃がすものかと言いたげに徳一の手を取った。

「いまのおまえがあるのは誰のおかげさ。先代のいすゞや八郎右衛門に拾われなかったら、おまえは野垂《のた》れ死《じ》んでいたんだよ」

「……それは、承知しております」

「その先代が亡くなるとき、あたしを頼むと言われたはずだ。その遺言を踏みにじるなんて、とんでもない恩知らずじゃないか。この近辺の米屋はみな、おまえと先代の関わりを知っている。うちを出ていったところで、そんな恩知らずを雇ってくれるところなどあるものか」

血走った目で睨むその顔がいまわの際の先代に似ている気がして――徳一は動けなくなった。

翌日、三鈴屋から庄助《しょうすけ》という手代がいすゞやにやってきた。雇い主は三鈴屋のまま、いすゞやの商いを学びたいという。

「三鈴屋九郎兵衛から、番頭さんの手伝いをさせてもらえと命じられてまいりました。どうぞ、よろしくお引き回しくださいまし」

大店の奉公人らしく一応腰は低いものの、こちらを見下すような面付《つら》きが言葉遣いを裏切っている。この男は徳一の見張り役で、三鈴屋の次男がいすゞやの主人となったときの番頭候補なのだろう。

だが、相手の魂胆がわかったところで、追い返すわけにもいかない。徳一は苦々しい思いをこらえ、「こちらこそよろしく頼みます」と受け入れた。

その三日後の晩、手代の冬二《とうじ》が思い詰めた顔つきで声をかけてきた。

「番頭さん、十年後に三鈴屋の次男がこの店を継ぎ、庄助が番頭になるって話は本当ですか」

「それを誰から聞いたんだい」

顔色を変えて問い詰めると、小僧の信太に聞いたという。冬二はもうひとりの手代や信太と違い、三鈴屋の息がかかっていなかった。

「いくら本家の手代でも、新参者《しんざんもの》の顔色を見ながら働きたくはありません。近いうちに暇を取らせていただきます」

「気持ちはわかるが、考え直してくれないか。おまえだって先代にはいろいろお世話になっただろう」

冬二は要領こそ悪いものの、真面目な働き者である。ここで信頼できる手代に辞められたら、ますます身動きが取れなくなる。徳一が引き留めようとすると、憮然《ぶぜん》とした様子で言い返された。

「手前は先代に命を救われた番頭さんとは違います。先が暗いとわかっていて、奉公を続ける気にはなれません」

「だが、他の店に移っても、おまえの扱いは悪くなるだけだ。旦那様に子ができれば、その子がいすゞやを継ぐことになる。ここで短気を起こしたら、損をするのはおまえだぞ」

いくら本家の次男でも、実の子を押しのけていすゞやを継ぐことはできないはずだ。自分にも言い聞かせるように徳一は声を強める。

しかし、冬二の表情は変わらなかった。

「仮にお子が生まれたところで、あの旦那様が立派な跡取りを育てられると思いますか。それにいい奉公先が見つからなければ、実家の青物屋を手伝います。ご心配には及びません」

素《そ》っ気《け》なく返されて、徳一は引き留めるのをあきらめた。冬二は自分と違い、頼りになる身内がいる。「せめて今月末までは勤めてくれ」と言うと、手代の肩から力が抜けた。

「はい、手前もそのつもりでおりました。長らくお世話になりました」

丁寧《ていねい》に頭を下げてから、冬二が静かに座敷を出ていく。

二十年前、小僧だった冬二に礼儀作法を仕込んだのは、手代になったばかりの自分だった。あのころはこんな未来があるなんて夢にも思っていなかった。

二代目は徳一と顔を合わせづらいのか、部屋で絵を描くよりも遊び歩くことが増えた。当然出費も多くなる。

十年後に追い出されるのなら、いますぐ店を潰してしまおうか。商いの手を抜けば、いすゞやは二年と持たずに潰れるだろう。

徳一がすっかり投げやりになっていたら、お貫がいすゞやにやってきた。下男として働きたいという男がようやく見つかったのだという。

「大分お待たせしましたが、今度の人も為吉さんに負けない働き者です。足が悪いので力仕事は手間取ると思いますが、いすゞやさんは男手がありますし」

笑顔でまくしたてられて、徳一は心の中で声を上げた。九郎兵衛が押しかけてきて以来、下男の口利きを頼んだことをコロッと忘れていたのである。

「申し訳ありません。実は本家から手代を回してもらったので、下男は不要になったんです」

いまのいすゞやは問題だらけで、新たな奉公人を雇う余裕はない。徳一は慌てて頭を下げた。

「やよいやさんにはもっと早く断りを入れるべきでした。これは些少《さしょう》ですか、迷惑料でございます」

徳一が小粒を懐紙に包んで差し出すと、お貫は片眉を撥《は》ね上げる。ややして「残念ですが、わかりました」と言ってくれた。

「ところで、番頭さんは顔色が冴《さ》えませんね。失礼ですけど、また旦那が何かやらかしましたか」

察しのいい口入れ屋の主人に徳一は苦笑する。「顔色が冴えないのは、このところの寒さのせいでしょう」とごまかした。

「手前も来年は前厄です。季節の変わり目は身体にこたえるようになりました」

とっさに口をついた言い訳だが、まんざら嘘ではない。このところ朝夕の冷え込みが厳しくなり、ふとした弾みで咳が出る。

このまま恩や義理に縛《しば》られて、自分は年だけを取っていくのか。人並みに所帯を持ち、我が子を抱くこともできないまま……。徳一が物思いに囚《とら》われている間に、お貫は静かに出ていってしまう。

ややして徳一は我に返り、慌ててお貫を追いかける。そして店を出たところで追いつくと、人目につかない脇道にお貫を連れていった。

「やよいやさんに頼んだら、わたしにも仕事を世話してもらえますか」

「あら、とうとうこちらの旦那に愛想を尽かしたんですか」

あっけらかんと問い返してから、お貫は顎に手を当てて「そうですね」と考え込む。

「うちは小さな店ですから、給金の高い仕事は難しいです。番頭さんなら口入れ屋を通すより、知り合いを頼ったほうがいいと思いますけど」

「いや、それができないんです」

知り合いはみな、自分が先代に拾われたことを知っている。「いすゞやを辞めたい」と言えば、「恩知らず」となじられるだろう。苦笑混じりに打ち明ければ、お貫は眉間《みけん》にしわを寄せた。

「でも、いすゞやの先代はもう亡くなっているでしょう。そんなことを言ったら、番頭さんは一生いすゞやに尽くさないといけないってことになりますよ」

自分の思っていることを口にされて、徳一は内心ドキリとする。とはいえ、うなずくこともできなくて、やむなく建前を口にした。

「先代は亡くなる前、手前に二代目を頼むとおっしゃいましたから」

「それは自分の孫がここまで不出来だと知らなかったからじゃありませんか」

「えっ」

そんなことは考えたことがなかったと、徳一は驚きの声を上げる。お貫は「いいですか」と指を一本立てた。

「為吉さんから聞きましたけど、先代が亡くなったとき、いまの旦那は三十路《みそじ》前だったとか。先代が商いをすべて取り仕切っていたのなら、そりゃ番頭さんに孫を頼むと言いますよ。でも、三十を過ぎても番頭さんに何もかも任せ、妻に逃げられて子もできず、本人は遊び歩いているなんて夢にも思わなかったはずです。いまごろはきっと草葉の陰で目を覆《おお》っているでしょう」

訳知り顔の説明に徳一もそんな気がしてきた。先代は孫に甘い分、「太郎はやればできる子だ」と繰り返し言っていたのだから。

「そもそも恩は着るもの、施《ほどこ》すもので、無理やり返せと言えないものです。だから、あたしはお節介を焼くときに『これは貸しだ』と言うんです。貸したものは返せと言えますからね」

そんな理屈は初耳だと徳一は目を丸くする。お貫は真剣な表情で話を続けた。

「貸し借りとして考えれば、番頭さんは先代に対する借りをとっくに返し終わっています。甘ったれの二代目にこれ以上尽くす義理はありません」

「……そうだろうか」

いままで出会う人ごとに「いすゞやの先代に拾われて、おまえさんは運がいい」「先代の恩を忘れなさんな」と言われてきた。だから、自分の思いを押し殺し、二代目に尽くしてきたのだが、

「給金は二の次で一から出直したいというなら、あたしも本腰を入れて探します。番頭さんのような働き者なら、きっといい奉公先が見つかりますよ」

笑顔になった口入れ屋に徳一は呆然《ぼうぜん》とうなずいた。

先代への恩は返し終わった、二代目に尽くす義理はない——自分はきっとずっと前から、誰かにそう断言してほしかったのだ。

その五　卯《う》の花

一

火事がどんなに恐ろしくとも、人は火を使わずに暮らせない。

食事の煮炊《にた》きに夜の灯り、冬は暖を取らないと凍《こご》えてしまうが、江戸の冬は雨が少ない。おまけに乾いた北風が吹きつけるため、夏より火事が増えて大火になることも多かった。

おていも六年前に大火に遭《あ》った。

正月元日の暮れ六ツに佐内町《さないちょう》から火の手が上がり、折からの強風で日本橋南一帯から葺屋町《ふきやちょう》に木挽町《こびきちょう》、さらに元浜町《もとはまちょう》の武家屋敷や両国薬研堀《やげんぼり》の矢《や》の倉跡《くらあと》、果ては大川を越えた本所の一部まで燃え広がった。火消しの命がけの働きでどうにか火が収まったのは、暁九ツ半（午前一時）を過ぎていた。

当時、おていは十一になったばかりで、両親と火元に近い小網町《こあみちょう》に住んでいた。

父の平吉《へいきち》は威勢と愛想《あいそ》のよさが評判の魚売り、母のおよしは仕立物の内職で金を稼《かせ》ぎ、夫婦の夢だった魚屋をようやく手に入れた矢先だった。引っ越したばかりの店の二階で幸せな新年を祝っていたら、日が落ちてすぐ狂ったように半鐘《はんしょう》が鳴り出した。

誰もが先を争って風上へと逃げる中、飛んできた火が着物の袖《そで》に燃え移り大騒ぎする者や燃え上がる家に戻ろうとして力ずくで止められる者、また人の波に逆《さか》らって火事見物をする者までいて、めでたい新年の始まりは混乱のるつぼと化した。おていは人混みの中で揉《も》みくちゃにされながらも母の手を握りしめ、やっとのことで両親と柳原《やなぎわら》の土手まで逃げのびた。

翌朝、一縷《いちる》の望みを抱《いだ》いて小網町に戻ってみれば、夢と希望の詰まった店は真っ黒に燃え落ちていた。

この寒空に焼け出され、自分たちはこれからどうなるのか。

おていがたまらず泣き出すと、母は弾《はじ》かれたように焼け跡で何かを探し始める。ややして「あった」という声と共に、焼け焦《こ》げた木箱から金を取り出した。

――おまえさん、この金で住まいが借りられます。また一生懸命働いて、わたしたちの店を手に入れましょう。

手と顔を煤《すす》だらけにしながらも母は気丈に前を向く。

一方、父はへなへなと頽《くずお》れて、焼け跡に座り込んでしまった。

母はそんな父の姿を見て「この人は頼りにならない」と思ったのだろう。知り合いを回って当座の家財道具を譲りうけると、店賃《たなちん》の安い大川の東側、本所入江町《いりえちょう》の裏長屋に引っ越した。

店を得る前に住んでいた長屋よりも狭くて臭くて汚いが、一応屋根はついている。おていは寝るところができてホッとしたけれど、すっかり元気をなくした父は布団から出なくなってしまった。

母はそんな父に目もくれず、一心不乱に働き出した。

店は燃えてしまっても、店を始めるためにした借金はまだ残っている。浪人の娘である母は人一倍義理堅く、借金を踏み倒すなんて死んでもできないことだった。これまで以上に仕立物を引き受けてひたすら針を動かし続けた。

そんな母の働きぶりに、父も「いつまでも寝ていたら男が廃《すた》る」と思ったのか。本所に移ったひと月後には、再び尻《しり》っ端折《ぱしょ》りで魚を売り歩くようになった。

しかし、行商人には縄張りがある。新参《しんざん》の父の稼ぎは大幅に減り、母はその後も寝る間を惜《お》しんで働いた。おていはそんな両親を助けたくて、近くの豆腐屋で働くことを思い立った。

魚売りの父は夜明け前に河岸《かし》へ行く。自分も夜明け前に起きれば、親子揃《そろ》って食事ができる。そんな子供の申し出を豆腐屋の主人は相手にしてくれなかったが、女房はおていの気持ちを汲《く》んでくれた。

――おていちゃんは水汲みをしたり、油揚《あ》げを作る手伝いができるかい？　うちは給金を払えるほど儲《もう》かっていないから、売り物にならない豆腐や揚げ、おからくらいしかあげられないけど。

どんなに気を付けていても、崩れた豆腐や焦げた油揚げは毎朝必ず出るらしい。それをもらえば日々のおかずに困らないと、おていは喜んで承知した。

とはいえ、子供が夜明け前に起きるのは大変だ。母は毎朝娘を起こしながら、「無理しなくていいんだよ」と言ってくれた。それでも、母の助けになりたくて、おていは眠い目をこすりながら豆腐屋に通《かよ》った。

翌年からはおていの頑張《がんば》りが認められ、豆腐やおからの他にわずかばかりの給金をもらえるようになった。得意満面で初めての給金を差し出せば、母は目に涙を浮かべて拝むように受け取った。

――借金をきれいにしたら、次はおまえのために働くからね。おまえが嫁に行くまでに立派な花嫁衣装を仕立ててあげる。

何度も頭を下げる母に、おていは「気にしないで」と笑顔を見せた。豆腐屋の手伝いは水仕事が多くて大変だが、火事で親を亡くす子だっている。貧しくとも親子三人揃って暮らせるだけで十分だ。

だが、母は目の色を変えて仕事に励《はげ》み、今年の春にとうとう借金を返し終えた。

――おていも十七になったんだもの。紅《べに》や白粉《おしろい》も欲しいだろうし、これからはもらった給金を自分で使っていいからね。

母は疲れ切った顔に笑《え》みを浮かべておていに言い、その後も仕事の手を休めなかった。そして、暑い盛りに突然倒れてその日のうちに亡くなった。

枕元に座る娘に「約束を守れなくてすまないね。おとっつぁんを頼んだよ」と、息も絶え絶えに言い残して。

父は長年支《ささ》えてくれた恋女房に先立たれ、今度こそ生きる気力を失ったらしい。「あの火事がなかったら」「俺が不甲斐《ふがい》ないせいで」と泣き言を繰り返し、毎日酒ばかり飲んでいる。母の四十九日が終わっても、その暮らしぶりは変わらなかった。

突然母を失って、悲しいのはおていだっておんなじだ。

それでも、涙をこらえて働いているのに、父が飲む酒の量は日を追うごとに増えていく。

六年前の火事の後は、ひと月で立ち直ってくれたじゃないの。おっかさんのためには働けても、娘のためには働けないのね。

両親の稼ぎがなくなって、すでに三月《みつき》近くが経《た》つ。母がおていのために貯めた金は、母の葬儀と父の酒代に消えていた。このまま父が働かなければ店賃が滞《とどこお》り、寒空の下で震えながら年を越すことになりかねない。

十月晦日《みそか》の昼下がり、おていはたまりかねて父に声を荒らげた。しかし、酔っ払いは寝ころんだまま、娘の言うことを聞き流した。

――店賃くらいでビクビクすんな。こんなぼろ長屋に住むやつはめったにいねぇ。三月や四月《よつき》溜《た》めたって、追い出されたりするもんか。

酒臭い息を吐きながら、悪びれもせずに言い放つ。おていはそんな父を見て、怒りのあまり目がくらんだ。

たとえ長屋にいられれても、滞った店賃はいずれ払うことになる。自分ひとりの稼ぎではすでに足が出ているのに、溜まりに溜まった店賃をいつ誰が払うのか。

――おっかさんは借金を返すために無理を重ね、そのせいで命を縮めたのよ。おとっつぁんは懲《こ》りもせず、また借金をするつもりなの？

思わず口から出た言葉は父の逆鱗《げきりん》に触れたらしい。おていは酔っ払い特有の血走った目で睨《にら》まれた。

――てやんでぇ！　あいつが死んだのは、俺のせいだけじゃねぇ。おめぇのせいでもあるだろうが。

――おめぇが息子ならもっと稼ぎがよかったはずだし、花嫁衣装だっていらなかった。およしが無理に無理を重ねて働かなくともすんだんだぞ。てめぇの罪を棚に上げて、よくもそんな口が叩《たた》けたなっ。

面と向かって罵《ののし》られ、おていは長屋から飛び出した。

望んで娘に生まれたわけではないし、母に花嫁衣装を強請《ねだ》ったこともない。それなのに実の父からどうして責められるのか。

おっかさんに「おとっつぁんを頼む」と言われたけれど、あたしはもうおとっつぁんと一緒に暮らせない。お互い「おっかさんが死んだのは相手のせいだ」と恨《うら》みに思っているんだもの。

だが、自分が長屋を出てしまえば、果たして父はどうなるのか。ますます酒に逃げた挙句《あげく》、方々に借金を作られたら、母に合わせる顔がない。

かくなる上は、この身を売ってまとまった金を作ろう。悲壮な覚悟を固めたおていが恐る恐る長屋に戻ると、父はいびきをかきながら大の字になって眠っていた。

富岡八幡宮の門前には、江戸で知られた岡場所がある。

十一月四日の朝、おていは八幡様にお参りしてから、ずらりと建ち並ぶ派手な妓楼《ぎろう》に目を眇《すが》めた。

父は「娘は金がかかる」と言ったけれど、ここでは「娘は金になる」。

長らく夜明け前から働いてきたおかげで、おていの肌は日焼け知らずだ。手はあかぎれだらけだが、今年十七の生娘《きむすめ》である。器量は平凡でも五両にはなるだろうと、頭の中の算盤《そろばん》をはじく。

あの世のおっかさんに泣かれても、あたしはもうおとっつぁんと暮らせない。おとっつぁんと離れて暮らせるのなら、女郎《じょろう》になっても構やしないわ。

父に惚《ほ》れ込んでいた母はひたすら父に尽くし続けた。

死の間際《まぎわ》に案じたのも、娘より父のことだった。

おていだって子供のころは仲のいい両親が自慢だった。自分も大人になったら両親のような夫婦になりたいと思っていた。

だが、父のために母は命を縮め、母を失った父は酒に溺《おぼ》れた。これが惚れ合った夫婦の末路なら、自分は恋などしたくない。おていは人気《ひとけ》のない往来《おうらい》を行きつ戻りつした末に、一番大きな妓楼の前で立ち止まった。

構えの大きい店のほうがきっと高く買ってくれる。それにしても、この辺《あた》りはいつ商《あきな》いを始めるのよ。もうじき五ツ半（午前九時）になるってのに。

おていは「もっと割のいい仕事に就《つ》く」と言って、昨日で豆腐屋を辞《や》めていた。しかし、父に悟られないように今日も夜明け前に家を出ている。それから八幡様の境内《けいだい》でさんざん時間を潰《つぶ》したのに、夜の遅い岡場所はいまだ眠りの中のようだ。

このままここで待ち続けるより昼過ぎにまた出直そう。容赦《ようしゃ》なく吹き付ける北風におていがそう思ったとき、背後から肩を叩かれた。

「ここらの見世《みせ》は九ツ（正午）にならないと開きませんよ」

驚いて振り向けば、見覚えのない櫛巻《くしま》き髪の中年増《ちゅうどしま》が立っている。相手が普通の女とわかって、おていは肩の力を抜いた。

「そうでしたか。教えてくださってありがとうございます」

「礼には及びません。ところで、こんなところに何の用です」

「……あなたには関係ないでしょう」

通りすがりの赤の他人にいちいち教える義理はない。眉をひそめて立ち去ろうとしたら、今度は手を握られた。

「関係はないけれど、おまえさん、さっき思い詰めた様子で八幡様の境内にいたでしょう。どうにも気になって、あとを追ってきたんだよ。金に困って身を売るのなら、その見世だけはおよしなさい」

おていが見上げていた妓楼を顎《あご》で指し、女は不穏《ふおん》なことを言う。「どうしてですか」と尋《たず》ねれば、相手は小さく肩をすくめた。

「ここの楼主はごうつくばりで、女郎は休む間もなく客を取らされるそうですよ。そのせいで大半は年季《ねん》が明ける前に亡くなるとか」

その言葉が本当なら、とんでもないことである。おていはたちまち震え上がり、相手の手を握り返した。

「あの、岡場所について詳《くわ》しいんですか」

「特に詳しいわけじゃござんせん。ただ商売柄いろんな人と話すんでね。この見世で働いていた男衆《おとこし》とも話したことがあるんですよ」

そんな見世の前に佇《たたず》む娘が心配で黙っていられなくなったらしい。相手のお節介に感謝しつつ、おていは気になることを問うた。

「商売柄って、何の商売をなさっているんですか」

目の前の女は顔立ちこそ悪くないけれど、櫛巻き髪に素顔《すっぴん》である。おまけにちっとも色気がないから、芸者や酌婦《しゃくふ》ではないだろう。

「あたしは本所横網町の口入れ屋、やよいやの主人で貫と言います。おまえさんのお名前もうかがってよござんすか」

「……ていと申します」

おていは名乗り返しながら、緩《ゆる》みかけた用心の紐《ひも》を締め直した。

自分も本所に住んでいるが、やよいやなんて聞いたことがない。それに口入れ屋の主人は年寄りが相場ではなかったか。胸騒ぎを覚えて逃げようとしたけれど、お貫は手を放してくれなかった。

「立ち話もなんですし、見世が開くまであたしに付き合ってくださいな。お茶くらいご馳走《ちそう》します」

そのまま強引に八幡宮の境内にある茶店に連れていかれてしまう。おていが仕方なく床几《しょうぎ》に座ると、すぐにお茶が運ばれてきた。

「冷めないうちにどうぞ。何なら、団子もつけましょうか」

「いいえ、結構です」

「そう身構えないでくださいな。その若さで岡場所に身を売ろうとするなんて、よほど金に困っているんでしょう。こうしてあたしと会ったのも八幡様のお導《みちび》きだ。その事情とやらを打ち明けてみませんか」

「……………」

「おや、おまえさんも強情《ごうじょう》だねぇ。なら、女郎より割のいい妾《めかけ》奉公の口があると言ったらどうします」

「えっ」

予期せぬ問いかけに驚いて、おていが思わず腰を浮かせる。目の前の女からそんな仕事を持ちかけられるとは思わなかった。

「女郎は一晩に何人も客を取らされるけど、妾は違う。相手にするのは旦那《だんな》だけだし、毎晩通ってくるわけじゃない。おまけに見張りもいないから、好きに出歩くことだってできますよ」

妾の利点を次々に挙《あ》げられて、おていはごくりと唾《つば》を呑《の》む。こっちがその気になったと察し、お貫は意味ありげに微笑《ほほえ》んだ。

「お相手は太物《ふともの》問屋のご主人で、年は三十九。妾になれれば、衣食住はすべて面倒を見てもらえ、毎月のお手当が一両つきます」

「そ、そんなにもらえるんですか」

豆腐屋で夜明け前から働いても、月の稼ぎは二分（二分の一両）にも満たない。締めたばかりの用心の紐がまた緩み、おていは目を輝かせた。

「ただし、旦那の好みが少々難しくてね。親の選んだ妻が年上の出戻りだったせいで、『男を知らない生娘を自分好みに育てたい』とおっしゃっているんですけど」

お貫はそこで言葉を切り、自信たっぷりに決めつけた。

「おていさんは生娘でしょう？」

妾になりたがる女の多くは男を知っているのだろう。口入れ屋の魂胆《こんたん》を知り、おていはいろいろ納得した。

とはいえ、生娘なら誰でもいいわけではあるまい。見た目が十人並みの自分でもいいのかと問い返せば、お貫は「もちろんです」と請《う》け合った。

「旦那が気に入ると思わなければ、こんな話はしませんよ。おていさんは立《た》ち居《い》振《ふ》る舞《ま》いがきれいだし、化粧映《ば》えのする顔立ちです。ほんの少し磨いてやれば、びっくりするほど垢抜《あかぬ》けます。でも、その前に教えてくださいな」

「何でしょう」

「おていさんが女郎になろうとした理由です」

真摯《しんし》な口調で尋ねられ、おていは一瞬目を瞠《みは》る。そして、ゆっくり息を吐くと、六年前の火事のことから語り始めた。

二

長い身の上話が終わると、朝四ツの鐘が聞こえてきた。

お貫は両手を上げて伸びをしてから、冷めたお茶を飲み干した。

「おていさんの事情はわかりました。さて、思いのほか長っ尻《ちり》をしてしまったし、そろそろ行くとしましょうか」

お貫は床几から立ち上がり、茶店の主人に金を払う。おていは慌《あわ》てて後に続いた。

「これからどこに行くんですか」

「もちろん、おていさんを磨いてくれる人のところです。黒江町なので、すぐそこですよ」

その言葉に嘘《うそ》はなく、お貫はほどなく洒落《しゃれ》た仕舞屋《しもたや》の前で足を止めた。

「ここは美晴さんという三味線《しゃみせん》の師匠の住まいです。昔は吉原で花魁《おいらん》をしていましたが、いまは旦那持ちじゃありません。勘《かん》違いしないでくださいね」

さては、わがままが過ぎて旦那に捨てられてしまったのか。それとも、浮気がばれたのか。おていが邪推している間にお貫は表戸を開けて声をかける。すると、奥から滑《すべ》るように若い女が現れた。

「ちょいと、大きな声を出すんじゃないよ。やっとお陽が薬を飲んで眠ってくれたところなのに」

声を潜《ひそ》めて文句を言われ、お貫が慌てて口を押さえる。

一方、おていは美晴から目が離せなくなっていた。

緑なす黒髪を潰し島田《しまだ》に結《ゆ》い上げて、こちらを睨む切れ長の目は目尻がかすかに上がっている。右目の下の泣き黒子《ぼくろ》が何とも言えず色っぽく、男なら誰だって美晴の紅《あか》い唇に吸い付きたくなるだろう。

地味な綿入れを着ていても、豪華な衣装で着飾っていたかつての姿が目に浮かぶ。思わず見とれるおていの脇で、お貫が小声で謝《あやま》った。

「ごめんなさい。あたしとしたことがうっかりして」

「何がうっかりさ。あんたは風邪を引いたお陽の見舞いに来たんじゃないのかい。後ろの見かけない連れは何なのさ」

柳眉《りゅうび》を撥《は》ね上げての問いかけに、お貫はごまかすようにへらりと笑った。

「こちらはおていさんと言って、さっき知り合ったばかりです。連れてきたわけを話しますから、ひとまず上がらせてくださいな」

自分の名が出てきたので、おていは立ったまま頭を下げる。恐る恐る頭を上げると、美晴はなぜか驚いたような顔をしていた。

「あんたはおてい、さんと言うのかい」

「は、はい、はじめまして」

おていはすっかり上がってしまい、言葉がすんなり出てこない。上《うわ》ずった声を絞り出せば、美晴の顔がほころんだ。

「ここは、おていさんに免《めん》じて話だけは聞いてやろう。ただし、大きな声を出すんじゃないよ」

うなずくお貫の後に続き、長火鉢《ながひばち》を挟んで美晴と向かい合う。すると、お貫は慣れた様子でお茶を淹《い》れ、美晴は吸いかけの煙管《キセル》をくわえた。

「それじゃ、さっさと話を始めとくれ。くれぐれも奥で寝ているお陽を起こすんじゃないよ」

神妙にうなずくお貫を見ながら、おていはひそかに考える。美晴はとても子がいるように見えないが、我が子を大事にしているらしい。

お陽ちゃんっていくつくらいなのかしら。母親に似ているのなら、きっとすごい美人に育つわね。

奥の部屋を気にするおていに代わり、お貫が簡潔におていの身の上を打ち明ける。美晴は迷惑そうに眉をひそめた。

「赤の他人が妾になろうと、女郎になろうと知ったことかい。いきなり連れてこられても迷惑だよ」

凄みのある美人の睨みにもお貫はまるで応《こた》えない。「そう言わずに」と軽い調子で言い返した。

「あたしの頼みなんて、とっくに見当がついているんでしょう？　どうか、おていさんが美人になるように磨いてやってくださいな。ついでに着物も貸してもらえると助かるんですがねぇ」

図々《ずうずう》しいお貫に美晴の眉間《みけん》のしわが深くなる。おていは唇を嚙《か》んでうつむいた。

お貫さんは「磨けば見違える」と言ってくれたけれど、美晴さんの見る目は違う。手をかけても無駄《むだ》だと思っているに違いないわ。

今日の着物は死んだ母のお下がりだし、髪も自分で結っている。お貫と違って一応元結《もとゆい》は使っているが、鬢《びん》も髷《まげ》も崩れているだろう。そんな我が身を知るだけに、おていはひどく居たたまれない。

口入れ屋の世辞《せじ》を真《ま》に受けて、うかうかとついてくるんじゃなかった。おていが後悔していると、ややして美晴が嘆息《たんそく》した。

「そういうことなら手を貸してやってても構わないが、おていさんはちゃんとわかっているのかい」

予想外の返事に驚いて、おていは目を瞬《しばたた》く。震える声で「何をでしょう」と尋ね返せば、美晴の切れ長の目と目が合った。

「好きでもない男に抱かれるなんて、いくら覚悟をしていても気分のいいもんじゃない。わざわざ妾にならなくたって、飲んだくれの父親を叱《しか》り飛ばして働かせればいいじゃないか」

「…………」

「お貫から聞いたかもしれないが、あたしは物心がついたときから女郎になることが決まっていた。客に身請《みう》けされて大門《おおもん》の外に出られたけれど、おていさんは女郎や妾にならない道もある。一度身体《からだ》を汚しちまうと一生肩身の狭い思いをするんだ。きっと後悔するだろうよ」

諭《さと》すような口ぶりに、おていはハッと閃《ひらめ》いた。

美晴さんはきっと身請けしてくれた旦那ではなく、好きな相手と結ばれてお陽ちゃんを授《さず》かったのね。そのせいで旦那に捨てられたけど、吉原にいた過去が祟《たた》って好きな相手とも一緒になれなかったのよ。

だが、自分は誰かと恋をしたり、一緒になるつもりはない。「さんざん考えて決めたので」と意地を張れば、美晴は茶の間を出ていき、両手で着物を抱《かか》えて戻ってきた。

「相手はいい年をして『生娘を囲いたい』なんて言う男だからね。華《はな》やかな朱鷺《とき》色なんかより、おとなしい紺のほうがいいだろう」

「それはさすがに地味すぎませんか。おていさんは十七だし、もっと明るい色のほうが映えますよ」

紺に臙脂《えんじ》の格子柄《こうしがら》を薦《すす》める美晴に、横からお貫が異を唱《とな》える。おていはいいも悪いもわからぬまま、二人のやり取りを聞いていた。

「確か、黄八丈《きはちじょう》があったでしょう。あれを貸してくださいな」

「なに言ってんだい。黄八丈なんて着たら、八百屋お七《しち》になっちまう。それこそ生娘好きの旦那の好みから外れるよ」

芝居にもなった八百屋お七は恋に狂って江戸中を火の海にした。男はそんな怖《こわ》い女を妾にしたいとは思うまい。

「自信のない男ほど、自分の意のままにできそうなおとなしい女が好きなのさ。おていさんは色が白いから、地味な着物でも楚々《そそ》として見えるだろう。ただし、その手はちょっと荒れすぎだ。いまから手入れをしても間に合わないし、できるだけ見られないようにするんだね」

「は、はい」

夏場はともかく、この時期はあかぎれがひどくなる。おていはすぐに袖口から手を引っ込めた。

「着物はこれでいいとして、あとは眉と肌の手入れだね。わざわざ化粧をしなくとも、それだけでずいぶん変わるはずだ」

美晴はおていを鏡台の前に座らせて、毛抜きで眉を抜き始める。さらに剃刀《かみそり》で顔の産毛《うぶげ》を剃《そ》り、髪を手早く結い直した。

「ほら、見てごらん。だいぶさっぱりしただろう」

鏡に映っていたのは、間違いなく自分の顔である。

だが、見慣れた自分の顔ではなかった。

産毛を剃っただけで、こんなに肌が白く見えるなんて思わなかった。眉も細くなって、目もパッチリして見える。あたしって思っていたより美人じゃないの。

喜んだおていが鏡に顔を近づけると、美晴が得意げに胸を張った。

「これできちんと髪を結い、薄化粧をしてごらん。おとなしやかな生娘だと、旦那の鼻の下が伸びるはずだ」

それはあまりうれしくないが、心強い言葉ではある。おていが美晴に礼を言うと、お貫もうれしそうにうなずいた。

「さすがは美晴さんだ。近いうちに旦那と会う日を決めますから、その日はよろしくお願いします」

「ああ、それはいいけれど……」

美晴はなぜか言葉を濁《にご》し、お貫の顔をじっと見つめる。そして、再度毛抜きを手に取った。

「この際だから、あんたの眉もやってやるよ。あんただって顔の造りは悪くないんだ。もっと手間をかけてやれば、それなりの見た目になるんだから。髪も手抜きの櫛巻きじゃなく、ちゃんと髪結いを頼んでさ」

「や、やめてください。あたしはこれでいいんだからっ」

にじり寄る美晴に怯《おび》え、お貫が大きな声を出す。とたんに赤ん坊の泣き声がして、美晴はお貫を睨みながら勢いよく立ち上がった。

三

翌五日の晩、お貫はおていの住む長屋にやってきた。

朝から飲んでいた父はすでにいびきをかいている。おていはそれでも用心して、お貫を外に連れ出した。

「旦那との顔合わせは九日のお昼にうちの店ですることになりました。おていさんは支度《したく》もあるし、早めに来てくださいね。髪結いと美晴さんも呼んでおきます」

旦那に気に入ってもらえれば、その場で旦那の素性《すじよう》を教えてもらえるという。おていは無言でうなずいた。

父はいまでも娘が豆腐屋で働いていると思っている。自分が父のために妾になったと知れば、どんな顔をするだろうか。

少しは申し訳なさそうな顔をするかしら。案外、安心して酒が飲めると喜ぶかもしれないわね。

おていが苦笑を浮かべると、お貫が思い出したように手を打った。

「そうそう、顔合わせでは詮索《せんさく》がましいことをしないでくださいよ。旦那の素性がわかっても店に行ってはいけません」

妾はあくまで日陰の身で、妻と顔を合わせてはいけないという。それが妾の掟《おきて》だと教えられ、おていは「わかりました」と返事をした。

十一月九日の朝、おていが横網町のやよいやに行くと、すでに髪結いと美晴が待っていた。髪結いは手早く仕事をすませると、そそくさといなくなる。次に美晴が化粧を始めた。

「今日はあたしがやってやるけど、これからは自分ですることになる。よく見て覚えておくんだね」

おていはハッとして、美晴の手元に目を向けた。

「江戸っ子は厚化粧を嫌うんだ。くれぐれも白粉を塗り過ぎたりしなさんな。襟足《えりあし》は塗りむらが出ないようにするんだよ」

「はい」

「あんたはまだ若いから眉は剃らずに毛抜きで抜くこと。左右の形が揃うように、ちゃんと鏡を見ながらやるように」

たびたび注意を口にしながら美晴は化粧を進めていく。そして、貸してもらった紺の着物に着替えたところで、美晴は出来栄えを確かめるようにじっと見た。

「旦那に会ったら、『この人と寝られるか』と思い浮かべてみるといい。口を吸い、あられもない姿をさらしても大丈夫かって。それで鳥肌が立つようならば、どんなに割がよくたって妾になるのはやめておきな」

「ちょっと、美晴さん。余計なことを教えないでくださいな」

まさかの忠告に目を瞠ると、お貫が青くなって文句を言う。だが、美晴はまるで意に介さなかった。

「女郎は何人も客を取るから、どうしても嫌な客は断れる。でも、妾は逃げ場がないからね。旦那が嫌で間男《まおとこ》を作るくらいなら、最初《はな》から断ったほうがいいじゃないか」

その剣幕に気圧《けお》されてお貫も不承不承《ふしょうぶしょう》口をつぐむ。おていも「その通りだ」と思いながらうなずいた。

「平気そうだと思ったら、旦那に気に入られるように振舞うことだ。お貫の話を聞く限り、年上で出戻りの妻が気に入らないんだろ？　あんたは何を言われても、『はい』『そうですか』『すごいですね』と言っときな」

無駄口をきくなと言われて、おていは少々困惑する。本来気の強い自分には難しいと思いつつ、美晴に問い返した。

「その三つで答えられないときは、どうしたらいいんでしょう。たとえば、『どっちがいいか』と尋ねられたら」

「そういうときは『旦那様はどちらがいいと思いますか』と聞き返せばいいんだよ。それで旦那が選んだほうを選べばいい。それが駄目なら、『迷ってしまって選べません』とでも言っときな」

妾になりたければくれぐれも相手に逆らうな、出しゃばるなと念を押されて、おていはうんざりしてしまう。お貫からは「詮索がましいことを言うな」と釘を刺されていたけれど、他にもいろいろあるようだ。

「さて、それじゃ役目もすんだことだし、あたしは帰らせてもらうとしよう。お貫、ひとつ貸しだからね」

「いいえ、あたしは貸しを返してもらっただけですよ。干鰯《ほしか》問屋の若旦那の件で手を貸したでしょう」

お貫は血相《けっそう》を変えて言い返したが、美晴はニヤリと笑って立ち去った。

それからしばらくして、やよいやにお待ちかねの客がやってきた。お貫はお茶を出してから、客と向かい合うおていの脇に座る。

「こちらはおていさんと言って、年は十七です。今年の夏に母親を亡くし父親が酒浸《びた》りになってしまったので、妾奉公を決めたそうです」

「ていと申します。不束者《ふつつかもの》ですが、どうぞよろしくお願いいたします」

美晴に言われた通りしおらしく挨拶《あいさつ》すれば、男から値踏みするようにジロジロと見られる。その舐めるようなまなざしにおていは内心怯《ひる》みながら、強《し》いて口角を引き上げた。

年は三十九だと聞いていたが、丸顔のせいか若く見える。着物は茶の唐桟縞《とうざんじま》に揃いの羽織《はおり》、鬢付け油の光る髷は結いたてのようだ。向こうもおていに会うために、めかし込んできたらしい。

この人ならひとつ布団で眠っても鳥肌が立ったりしないだろう。ひそかに胸をなでおろすと、向こうもおていを気に入ってくれたのか、笑みを浮かべてお貫を見た。

「さすがはやよいやさんだ。いい人を連れてきてくだすった」

「旦那のお好みに合いましたか」

「ああ、私が考えていた通りの人だ」

満足そうな言葉に続き、相手はようやく名を名乗った。

「私は大伝馬町の太物問屋、河内屋常五郎《かわちやつねごろう》だ。妾を囲うのは初めてだが、不自由はさせないつもりだよ。望みがあれば言ってくれ」

ここでいろいろ望みを言うと、きっと愛想を尽かされる。おていは美晴の言葉に従い、おとなしく「はい」とうなずいた。

「実を言うと、他の口入れ屋にも声をかけていたんだが、どこも私の好みとかけ離れた阿婆擦《あばず》ればかり連れてくる。おていさんに会えてよかったよ」

笑顔で好意を伝えられれば、おていだってまんざらでもない。旦那がこの人でよかったと思っていたら、横からお貫が口を挟んだ。

「あたしも苦労したんですよ。自ら妾を望む生娘なんてめったにいませんから。しかも、派手な美人よりおとなしやかな娘がいいなんて」

「派手な美人は妻ひとりで十分だ。わざわざ別宅に囲うなら、落ち着ける女がいいじゃないか」

常五郎はお貫にそう言って、おていに向かって微笑みかけた。

「私は目立つ花よりも、人知れず咲く白い花が好きなんだよ。妾宅《しょうたく》には梔子《くちなし》を植えるつもりだったが、おていさんに会って気が変わった。おまえさんは匂いの強い梔子より、卯《う》の花のほうがよく似合う」

夢見るような目つきで語られて、おていの顔が引きつった。梔子も卯の花も初夏に咲く白い花だが、卯の花のほうがより地味である。

あたしは眺めるだけの可憐《かれん》な花より、おからの卯の花のほうがいいけどね。花はどんなにきれいでも、腹の足しにならないから。

しかし、そんな本音《ほんね》を口にすれば、旦那に愛想を尽かされる。おていが口をつぐんでいると、お貫は感心したように手を打った。

「あたしもそう思います。ところで、今後のことをおていさんに教えてあげてください。妾宅はこれから探すんでしょう」

「ああ、肝心《かんじん》の妾がなかなか決まらなかったからな。だが、いくつか目星は付けてある。ひと月も待たせないはずだ」

妾に男の奉公人は付けられないが、女のひとり暮らしは物騒なので小女《こおんな》をつけてくれるらしい。おていがうなずきながら聞いていると、常五郎がこっちを見た。

「わかっていると思うが、自分が誰の妾か人に言ってはいけないよ。河内屋にも絶対に近づかないでくれ」

常五郎の妻は大店《おおだな》の娘で、夫婦の間には娘と息子がいる。家内にいらぬ波風を立てないように、常五郎が妾を囲うことは番頭しか知らないそうだ。

「今後、わたしに用があるときはやよいやさんを通してくれ。やよいやさん、頼んだよ」

「はい、お任《まか》せください」

笑顔で承知するお貫の顔をおていは黙って眺めていた。


河内屋の妾になることが決まった翌日、おていは美晴の着物を返すために黒江町に向かった。あまり早くとも迷惑だろうと、九ツ（正午）前に美晴の家に着く。ちょうど三味線の稽古《けいこ》が終わったようで、自分と同じ年頃の娘たちが二人揃って家から出てきた。

三味線の稽古をしていたなら、お陽は起きているだろう。表戸を開けて声をかけると、美晴はすぐに出てきてくれた。

「おや、おていさん。首尾はどうだった」

「はい、おかげさまでお眼鏡にかないました。これはお借りした着物と手土産《てみやげ》です」

上がり框《かまち》に膝《ひざ》をついた美晴の横に風呂敷包みをそっと置く。美晴はそれを受け取ると、「上がっておいきよ」と言い出した。

「今日はもう稽古はないし、お陽も子守りと外に出かけている。いまなら大声を出しても構わないよ」

「でも……」

「実を言うと、お茶を淹れてほしいのさ。小女を使いに出したら、ちっとも帰ってこなくてね」

吉原育ちの美晴は家事がすべて苦手だという。稽古の後に自分で淹れたまずいお茶を飲みたくなくて、白湯《さゆ》で我慢していたそうだ。

そういえば、前にここに来たときもお貫がお茶を淹れていた。ささやかな恩返しをさせてもらおうと、おていは茶の間に足を踏み入れた。

「このたびは本当にお世話になりました。あの、よかったらまたいろいろ教えてください」

河内屋の妾になることは決まったものの、これからどんな暮らしが待っているのか見当もつかない。

常五郎は生娘を望んだし、最初は床の中で何もしなくていいだろう。だが、いずれは床技《とこわざ》だって必要になるはずだ。そんな男女のあれこれを教えてもらえそうなのは、自分の周《まわ》りに美晴しかいない。おていが返事を待っていると、美晴は先に茶をすすった。

「おていさんのお茶はおいしいね。お貫よりもうまいじゃないか」

「ありがとうございます」

ささいなほめ言葉に喜べば、美晴もかすかな笑みを浮かべる。そして、おもむろに湯呑《ゆのみ》を置いた。

「それで、妾についていて教えてほしいんだっけ」

「はい」

「だったら、いまから出かけようか」

いきなり腰を上げられて、おていは内心うろたえる。「どこに行くんですか」と尋ねれば、美晴は後ろも見ずに歩き出した。

「いいから、黙ってついといで。妾の心得その一を教えてやるよ」

そうまで言われては、ついて行かないわけにはいかない。おていは不安を抱えたまま、美晴を追って歩きだした。

一体どこに行くんだろう。永代橋《えいたいばし》を渡ったから、やよいやに行くわけじゃないだろうし……。

お茶もまともに淹れられない元花魁の足は意外にも速《はや》かった。どんどん北へ進む背中をおていは必死でついて行く。そして、かつて住んでいた小網町を過ぎ、中之橋《なかのはし》が見えたところで、どこを目指しているのか思い当たった。

「美晴さん、お貫さんに旦那が誰か聞いたんですか」

「わざわざ教えてもらわなくとも、最初から見当はついていたよ。太物問屋の主人で年は三十九、内儀《おかみ》は年上の出戻りだろう？　それに当てはまる人と言えば、大伝馬町の河内屋しかいないじゃないか」

常五郎は若いころ、美晴の姉女郎の馴染《なじ》み客だったという。当時振袖新造《ふりそでしんぞ》だった美晴は姉女郎の名代として、話し相手を務めたこともあったとか。

「酔うと決まって、『年上の出戻りをもらってやった』とうるさくてね。頭の上がらない父親が死んで、自分好みの女を囲う気になったんだろう」

美晴はそう言って笑ったが、こっちはちっとも笑えない。常五郎から「河内屋に近づくな」と厳命されているのだから。血相を変えて「困ります」と訴えたが、美晴は足を止めなかった。

「言い付けを破っても旦那にばれなければ大丈夫さ。おていさんだって本当は河内屋がどんな店か気になるだろう」

商いがうまくいかなくなると、妾は真っ先に捨てられる。繁盛《はんじよう》ぶりを確かめておいたほうがいいと言われて、おていは引き返せなくなった。

「ほら、〇《まる》に河の字を白く染め抜いた紺の暖簾《のれん》が見えるだろう。あれがあんたの旦那の店だ」

白い指が指す先には紺の暖簾が翻《ひるがえ》る間口の広い大店がある。昼過ぎということもあり、大きな風呂敷包みを背負った男たちがひっきりなしに出入りしている。

その影に隠れるように小僧が店の前を掃《は》いていた。そこに紺の半纏《はんてん》を着た内儀らしき女が現れて小僧を叱《しか》った。

「何をしているんだい。砂埃《すなぼこり》がたってお客様の迷惑になるだろう」

「ご新造さん、すみません」

掃除は客の少ない朝のうちにするものだ。まだ奉公に慣れていないのか、小僧は気の毒なほど震えている。内儀もさすがに見かねたようで少々表情を和《やわ》らげた。

「今度から気を付けるんだよ。ほら、ごみを早く捨てておいで」

「はいっ」

小僧は元気を取り戻し、店から出てきた客とぶつかる。「こいつ、何しやがる」と怒鳴《どな》られて、内儀がすかさず小僧をかばった。

「店の者が粗相《そそう》をいたしまして、誠に申し訳ございません。お怪我はなさいませんでしたか」

子供がぶつかったくらいで大の男は怪我などしない。客が決まり悪げに立ち去った後、小僧はすっかりしょげていた。

「ご新造さん、すみません。おいらしくじってばっかりで……」

「みっともないから、こんなところでべそをかきなさんな。今度は慌てずにごみを捨ててくるんだよ」

内儀の言葉にうなずくと、小僧はぎこちない足取りで店の裏へと歩いていく。その頼りない後ろ姿が豆腐屋で働き出したころのかつての自分と重なったとき、耳元で美晴の声がした。

「あれが河内屋の内儀だよ。もとは呉服《ごふく》屋の娘で、才色兼備《さいしょくけんび》と評判の小町娘だったんだってさ」

最初の嫁《とつ》ぎ先は木場の材木問屋だったが、姑《しゅうとめ》と折り合いが悪かったらしい。

「跡取りがぜひにと願ったことが姑は気に入らなかったんだろう。出来のいい嫁をいびり倒し、三年で離縁させたのさ」

先代の河内屋はその話を聞きつけて、内儀の実家に縁談を持ち込んだ。頼りない跡取りの嫁にはしっかり者の姉さん女房がふさわしいと思ったに違いない。

「河内屋がいまも繁盛しているのは内儀のおかげだって評判だ。あんたもそう思わないかい」

「…………」

「ところが、旦那は何かにつけて『年上の出戻りをもらってやった』と、内儀に恩を着せるのさ。どれだけ尽くしてもらっているかも知らないで、男ってのはいい気なもんだよねぇ」

その言葉が胸に刺さり、おていは内心青くなる。自分も父に対して同じことを思っていた。死んだ母は惚れた弱みで、ひたすら父に尽くし抜いた。

河内屋の内儀は年上の出戻りという弱みから、とことん夫に尽くしている。そんな妻がいると知りながら、自分は常五郎に抱かれるのか。おていは想像しただけで、呼吸《いき》が苦しくなってきた。

「おや、急にどうしたんだい。顔色が悪いじゃないか」

こんなことを教えられたら顔色だって悪くなるに決まっている。おていは恨みがましく美晴を見た。

「いまさらどうして……内儀さんのことをもっと早く知っていたら、顔合わせのときに断りました」

自分は旦那の素性を知らなかったが、美晴は見当がついていたという。もっと早く内儀のことを知りたかったと八つ当たりめいた文句を言うと、鼻の先で嗤《わら》われた。

「だから、あたしが言ったじゃないか。きっと後悔するだろうって」

四

おていの母はめったに泣き言を言わない人だった。

――終わったことを嘆《なげ》いたところで、どうにもならない。いまからできることを懸命にやるしかないんだよ。

だが、今度ばかりは後悔だけが肩に重くのしかかる。

河内屋の内儀は店の半纏を着て人前に立ち、小僧をかばうような人である。常五郎の妾になって、あの人を苦しめるのは真《ま》っ平《ぴら》だ。

一体どうすれば、穏便《おんびん》に断ることができるのか。おていが頭を悩ませながら長屋の戸を開けたとたん、「いままでどこにいやがった」と仁王《におう》立ちの父に怒鳴られた。

「勝手に豆腐屋の手伝いを辞めやがって。いまはどこで働いてんだ」

めずらしく素面《しらふ》の父を見て、おていは一瞬息を呑む。

うまく隠しているつもりだったのに、どうしてばれてしまったのか。おていは動揺を押し殺し、しらばっくれることにした。

「おとっつぁん、藪《やぶ》から棒にどうしたの？　酔っぱらって、夢と現《うつつ》がごっちゃになってしまったのね」

「てやんでぇっ、いくら飲んだくれていても娘の様子がおかしいことくらいとっくのとうにお見通しよ。急にこぎれいになった上、崩れた豆腐が膳《ぜん》に載《の》らなくなったじゃねぇか」

父はそれを不審に思い、豆腐屋に足を運んだらしい。すると、豆腐屋の女房に捕まって逆に説教されたとか。

「おていちゃんはもっと割のいい仕事に就くと言って、数日前にここを辞めた。およしさんが死んでから、あんたが酒ばかり飲んで働かないせいだと人前でさんざん責められたんだぞ」

ああ、それで怒っているのかと、おていは白《しら》けた気分になった。

言われてみれば、豆腐屋で働き出してから毎日のように豆腐を食べてきた。夜明け前に家を出るだけではごまかしきれなかったのか。

「おい、黙ってねぇで、何とか言え。割のいい仕事ってのは何なんだ」

そこまでばれているのなら、もはや隠しても仕方がない。いっそう語気を強める父をおていはハッタと睨み返した。

「豆腐屋の給金じゃ、飲んだくれのおとっつぁんを養えない。岡場所に身を売りに行ったら口入れ屋と知り合って、妾にならないかと誘われたのよ」

「な、なに馬鹿なことを言ってやがる。おめぇみてぇなガキが妾になれるか」

父は怒りをあらわにして、唾を飛ばして決めつける。おていはそれを聞き流し、下駄《げた》を脱いで家に上がった。

「おい、ちゃんと返事をしろ。くだらねぇ嘘をつきやがって」

「あたしは嘘なんてついてないわ。昨日旦那にお目にかかり、妾になることが決まったもの」

いまは断りたくて仕方がないのに、おていはわざと胸を張る。父は馬鹿にするけれど、自分だって一人前の女なのだ。

「酒浸りの父親なんて放っておこうと思ったのに、おっかさんにおとっつぁんを頼むと言われてしまったんだもの。娘は金がかかるとおとっつぁんは言ったけど、娘だから身を売ることもできる――」

「この馬鹿野郎っ」

父は最後まで話を聞かず、容赦なく娘の頬《ほお》を打つ。おていは怒りと痛みに震え、頬を押さえて睨み返した。

「どうして叩くの。あたしはおとっつぁんのために」

「誰がおめぇに妾になれと頼んだよ。俺はそんなこと、これっぽっちも望んじゃいねぇや」

「だったら、どうして働いてくれないの。おとっつぁんが働いてくれれば、あたしだって妾になろうとは思わなかったわ」

叫ぶように言い返せば、父は崩れるように膝をつく。そして、顔を真っ赤にして泣き出した。

「俺はおよしが死んだことを忘れたくて……酒を飲まずにいられなかった。だが、おめぇが身を売った金で酒を飲む気なんぞ、これっぽっちもありゃしねぇっ。そんな酒を飲むくらいなら、泥水でもすすったほうがマシだ」

震える声を詰まらせながら、父は手をついて娘に謝った。

自分の心が弱いせいで、およしばかりかおまえにも苦労をかけた。これからはきっぱり酒を断《た》ち、あの世のおよしが安心できるようにする。だから、妾になることだけはやめてくれと。

「俺だって男の端《はし》くれだ。女郎買いだってしたことはある。だが、自分の娘が他の男のおもちゃになるのは耐えられねぇ。後生《ごしょう》だからその話は断ってくれ」

母が亡くなったときだって、父は娘の前では泣かなかった。おていは涙ながらに懇願する父を見て、自分も涙をこらえられなくなってしまった。

「……いまさら、そんなことを言われても……」

「ああ、おとっつぁんがすべて悪い。もし、おめぇが断れねぇというなら、俺がその旦那と口入れ屋に土下座してやる。おめぇを妾にすると言っているのは、一体どこのどいつなんだ」

噛みつきそうな勢いの父親に教えられるはずがない。おていは答える代わりに問いかけた。

「おとっつぁん、本当に酒をやめて働いてくれるのね」

「ああ、約束する」

「だったら、あたしも妾になるのをやめる。明日、口入れ屋に行って断ってくるわ」

やよいやのお貫には迷惑をかけてしまうけれど、思いがけなく父が立ち直ってくれそうなのだ。これも怪我の功名《こうみょう》かと思う反面、自分を卯の花にたとえた常五郎の顔が頭に浮かぶ。

あの夢見がちな旦那はすんなり許してくれるだろうか。その晩、おていは一睡もできなかった。


翌日はあいにくの曇り空だった。

おていがおっかなびっくりやよいやの中をうかがうと、幸い客はいないらしい。覚悟を決めて戸を開けると、帳場格子《ちょうばごうし》にいたお貫が顔を上げる。

「あら、おていさんじゃありませんか。さては旦那に知らせたいことでもできましたか」

笑顔で話しかけられて、おていは両手を握りしめる。そして、土間に膝をついて勢いよく頭を下げた。

「勘弁《かんべん》してください。やっぱりあたしは河内屋さんの妾になれません」

早口で言い切った後、そのまま頭を下げ続ける。お貫はすぐに立ち上がり、おていの隣にしゃがみ込んだ。

「ちょっと、いきなりどうしたんです。こんなところで土下座をされても困ります。とにかく上がってくださいな」

困り顔で促《うなが》され、おていは言葉に従った。

お貫と知り合っていなければ、自分はきっと岡場所に沈んでいた。その恩を仇《あだ》で返すことになってしまい、まともに顔が見られない。ずっと下を向いていると、大きなため息が聞こえてきた。

「たった二日でどうしてそうなったんです。ほっぺたが腫《は》れているわけも含めてわかるように話してください」

「……お貫さん、怒らないんですか」

いつもと同じ声の調子に、おていはおずおずと顔を上げる。お貫はやれやれと言いたげに肩をすくめた。

「怒るか許すかは聞いてからです。包み隠さず話してください」

その落ち着いた口調に背中を押され、おていは昨日の出来事――美晴と河内屋に行ったことや、父とのやり取りをすべて打ち明けた。

「あたしが妾になった金で酒を飲むくらいなら、泥水をすすったほうがマシだ。これからは酒をやめて働くから、妾になるのはやめてくれと、父が涙を流して言ったんです。だから、お貫さんには迷惑をかけますが……」

話が終わりに近づくにつれ、言葉は尻すぼみになっていく。それでも、お貫は最後までおていの話を聞いてくれた。

「なるほど、事情はわかりました。困ったことになりましたねぇ」

ため息混じりに返されて、おていの肩がびくりと揺れる。

口入れ屋は仕事を周旋《しゅうせん》した双方から口銭《こうせん》をもらう商売だ。顔合わせの場で承知しておきながら、「やっぱり嫌だ」は通用しまい。

こんなことなら父と言い争ったとき、もっと話し合うべきだった。おていが遅すぎる後悔に苛《さいな》まれていたら、お貫が口の端を引き上げた。

「そんなにビクビクしなさんな。実を言うと最初から、こうなるかもしれないと思っていました」

「それはどういう意味でしょう」

驚いて問い返すと、口入れ屋の主人は苦笑した。

妓楼の前で声をかけたのは純然たるお節介だが、「女郎より妾のほうが金になる」と勧《すす》めたのは商売っ気もあったという。

「妾の口利《き》きは割がいいんです。でも、おていさんが妾に向いているとは思えなくて、美晴さんと引き合わせたんですよ」

元花魁で妾だった美晴なら、おていが妾としてやっていけるか否《いな》か品定めをしてくれるだろう。もしも強く反対されたら、河内屋との話はなかったことにするつもりだったそうだ。

「でも、美晴さんは最初こそ反対したけれど、すぐに引き下がったでしょう。おていさんも乗り気だったので話を進めたんですが……」

困ったように眉を下げられて、おていはますます申し訳なくなってしまう。「本当にすみません」と頭を下げると、「もういいです」と返された。

「嫌がっている人を無理やり妾にしたところで、うまくいくはずがありません。あたしから河内屋さんに断ります」

お貫はそう言ってくれたけれど、おていは気が気ではない。何しろ、常五郎はすっかりその気になっていた。

自分のわがままのせいでやよいやが傾《かたむ》いたらどうしよう。おていが泣きそうになっていると、お貫に肩を叩かれた。

「そんな顔をしないでください。おていさんが生娘ではなくなったと言えば、河内屋さんはすぐに興味をなくします」

常五郎にとって肝心なのは、男を知らないことである。おていが夜道で襲われたと言うだけで、今度の話は流れると断言された。

「だから、うちの心配はしなくていいんです。うまい具合にほっぺたも腫れているし、河内屋さんからおていさんに見舞金がくるかもしれません」

まさか、そんな奥の手があったとは……。お貫の言葉に安心して、おていの身体から力が抜ける。まさしく九死に一生を得た気分で「よかった」と呟《つぶや》けば、なぜかお貫が腕を組んだ。

「それにしても、美晴さんが旦那の正体に気付いているとはねぇ。しかも、おていさんを河内屋に連れていくなんて」

「でも、連れていってもらってよかったです。あたしは金輪際《こんりんざい》、妾になろうなんて思いません」

女が身を売ることは、自分ひとりの不幸にとどまらない。自分の身内や、他の女を不幸にすることなのだ。覚悟を込めて言い切れば、お貫がしたり顔になる。

「案外、それが美晴さんの狙《ねら》いだったのかもしれませんね」

「えっと、それはどういう……」

「だから、おていさんが二度と馬鹿なことを考えないようにしたかったんですよ。あの人はあたしと正反対で、お節介なんて焼かない人なのに。よっぽどおていさんが気に入ったんでしょう」

お貫はそう言うけれど、とてもそうは思えない。「だから、あたしが言ったじゃないか」と自分は鼻で嗤われたのだ。

しかし、お貫は頭を振り、「それも美晴さんの手の内です」と笑っている。おていは納得がいかなかった。

「だとしたら、あたしのどこが気に入ったんです？　何ひとつ思い当たるところはありません」

「あたしが思うに、恐らく名前か見た目でしょう。美晴さんの亡くなった大の仲よしは、お照《てる》さんと言ったそうですよ」

おてるとおてい――確かにちょっと似ているけれど、同じではない。信じられないおていにお貫は静かに教えてくれた。

「お陽ちゃんはお照さんの忘れ形見《がたみ》です。あたしが美晴さんと知り合ったのも、お陽ちゃんのためのもらい乳がきっかけでした」

では、家事もろくにできないくせに、美晴は親しかった女が遺《のこ》した子を引き取ったのか。考えなしにもほどがあると呆《あき》れたとき、おていはふと、自分の名を告げたときの美晴の顔を思い出した。

――あんたはおてい、さんと言うのかい。

いまにして思えば、あのまなざしはひどく温かかった。美晴はお陽とその母親を心底《しんそこ》大事に思っているのだろう。

「とにかく、これからは父親とちゃんと話してください。あたしも美晴さんも両親はもういないけれど、おていさんのおとっつぁんは生きているんだから」

本当にその通りだと、おていは深くうなずいた。

父はいまごろ、娘のことを案じながら長屋で待っているはずだ。無事に断れたことだけでなく、前に旦那から「白い卯の花が似合う」と言われたことも教えてみようか。

きっと、父は眉を寄せて「おめぇなんざ、花よりおからが似合いだぜ」と吐き捨てるに違いない。

その六　老《ろう》愁《しゅう》

一

冬の早朝はひときわ寒さが厳《きび》しい。

浅田屋《あさだや》の先代にして七十四の太助《たいすけ》はそのしびれるような寒さの中、誰もいない往来《おうらい》から自分の店を眺《なが》めるのが好きである。今日師走《しわす》二日も夜明け前に離れを抜け出し、裏木戸からそっと表に出た。

尾張町の表通りに面した浅田屋は草履《ぞうり》、雪駄《せった》、下駄《げた》に加えて足袋《たび》も扱う履物《はきもの》屋である。もとは芝口《しばぐち》にあった貧乏人相手の店だったのに、太助が跡取り娘の婿《むこ》となって「足元のことなら浅田屋」と言われるほどの大店《おおだな》に育て上げた。その長い道のりを振り返り、太助は暗がりでも目立つ白壁の店をじっと見つめた。

太助の父は下駄造りの職人で、浅田屋に下駄を納めていた。だが、太助は手先が不器用で、何度やっても左右の下駄の高さが揃《そろ》わない。十四のときに職人になるのをあきらめて浅田屋の奉公人となり、二十二で四つ下の跡取り娘、おちえと一緒になったのだ。

履物は暮らしに欠かせないため、値段はピンからキリまである。

当時の浅田屋はもっぱらキリの安物ばかり売る店で、儲《もう》けはたかが知れていた。おまけに安物を買う客はめったに買い替えたりしない。太助はさんざん悩んだ末に「鼻緒《はなお》だけでも頻繁《ひんぱん》に替えてもらおう」と思いついた。

女房のおちえは裁縫《さいほう》が得意で、刺繍《ししゅう》もできる。仕入れた鼻緒に客の望む小さな刺繍を施《ほどこ》して「この世でたったひとつの鼻緒」として売り出した。

とはいえ、足元は着物や帯と違って目立たないし、新しい鼻緒は硬くて鼻緒ずれを起こしやすい。こんなことに金をかけるのは若い女だけだろうと思いきや、意外にも老若男女《ろうにゃくなんにょ》が食いついた。

混んでいる寄席《よせ》や湯屋、食い物屋では、何食わぬ顔で値の張る下駄や雪駄を猫糞《ねこばば》するやつがいる。残された履物から誰の仕業《しわざ》か目星をつけても、「俺も下駄を盗まれて、新しく買ったばかりなんだ」と言い抜けられることがままあった。

しかし、鼻緒に自分だけの刺繍があれば、それが動かぬ証拠となる。浅田屋の鼻緒は評判になり、ついでに履物もよく売れた。儲けは右肩上がりに増えていき、太助は四十のときに芝口の裏《うら》店《だな》から尾張町の大きな表店《おもてだな》に引っ越した。

そこの主人は博打《ばくち》にはまって代々続く店を手放す羽目《はめ》になった。妻はとうの昔に実家に戻り、すべてを失った主人は店で首をくくったらしい。

いくら立地がよくたって、商人はとかく縁起を担《かつ》ぐ。「主人が自害した店なんて縁起が悪い」と買い手がつかなかったので、格安で手に入れたのである。

それでも貯《たくわ》えのほとんどを吐き出すことになったけれど、今後のことを考えれば表通りの立派な店がどうしても欲しかった。

鼻緒の工夫はあちこちで真似《まね》されるようになり、いまのままでは貧乏人相手の商売に逆戻りするのは見えていた。そこで立派な店を構えて足袋も扱い、金持ち相手の商売に切り替えようとしたのである。

足袋を履くのは武士か金持ちかお店者《たなもの》、もしくは芸人くらいである。新たな店にふさわしい上等な履物と足袋を揃えて商《あきな》いに励《はげ》んだ結果、見る目の肥えた連中が浅田屋の常連客になってくれたのに。

すべてをかけてここまで来て、まさか倅《せがれ》に裏切られるとは……。誰のおかげで大店の主人面《づら》をしていられると思っているんだ。

九年前に建て直した店の屋根看板を睨《にら》みつけ、太助は母屋でまだ寝ている息子を心の中で罵《ののし》った。

尾張町での商いが軌道に乗った二十一年前、女房のおちえが四十九で亡くなった。若いころは店のため亭主のためと、夜も寝ないで鼻緒に刺繍をしてくれたかけがえのない女房だった。

ここまで店が大きくなったのも、おちえの助けがあったからだ。こんなに早く死ぬとわかっていたら、もっと大店の内儀《おかみ》らしい贅沢《ぜいたく》をさせてやればよかった。太助は泣いて悔やんだものの、死んだ者は帰らない。

その後ろめたさから目をそらし、いっそう商いに励んだおかげで、浅田屋はますます繁盛《はんじよう》した。だが、六十を過ぎたあたりから、ひとり息子の重太郎《しげたろう》が隠居を勧《すす》めるようになったのである。

——おとっつぁんだって、もういつぽっくり逝《い》くかわからない。商いのことはあたしに任《まか》せ、これからはのんびりしておくれよ。

——四十になって若旦那《わかだんな》じゃ肩身が狭い。そろそろ身代《しんだい》を譲ってくれてもいいじゃないか。

年を追うごとに恨《うら》みがましく言われたけれど、太助は相手にしなかった。

自分はまだ元気だし、息子は四十を過ぎても商人として半人前だ。すべて右から左に聞き流していたのだが、とうとう今年の夏「おとっつぁんが隠居しないなら、あたしが隠居をする」と言い出した。

——あたしだってもう四十八だ。かれこれ十年も前から「若くないのに若旦那」と陰でさんざん嗤《わら》われてきたんだよ。五十を過ぎてから跡を継《つ》ぎ、自分と同じみじめな思いを息子にはさせるつもりはない。おとっつぁんは好きなだけ長生きして、孫に身代を譲ればいいさ。

鬼気迫る剣幕で詰め寄られても、太助は鼻で嗤い飛ばした。店を継いでもいないのに、何が隠居だと思ったからだ。

だが、嫁や孫、さらには番頭や手代もうち揃い、重太郎の肩を持つ。味方のいない太助はやむなく身代を譲ったものの、いまではそれを後悔していた。商いに口を出そうとするたび、誰もが止めにかかるのだ。

——店のことはあたしがちゃんとやりますから。おとっつぁんはいままでできなかったことをなすってください。

——いまの浅田屋の主人はご隠居様ではございません。手前から旦那様に確認させていただきます。

主人の座は譲ろうと、浅田屋の身代を築いたのは自分である。にもかかわらず、この扱いは何事だ。

そりゃ、わしは明けて七十五だ。白髪《しらが》すら薄くなり、目も耳も悪くなった。だが、足腰はしっかりしているし、耄碌《もうろく》もしていない。人の名前を忘れるくらい誰にでもあることじゃないか。

老いのみじめさや心の冷えを師走の寒さのせいだとごまかして、太助は白い息を吐く。そのうちしらじら夜が明けて、明け六ツ（午前六時）の鐘が鳴り出した。

間もなくあさり売りや納豆売りが往来に現れて、浅田屋の奉公人も起き出すだろう。今日はこまでとため息をつき、太助は足音を忍ばせて離れに戻った。


師走の商家は朝から晩まで休んでいる暇《ひま》などない。太助だって去年までは、除夜の鐘を聞く直前までじっとしていられなかった。

だが、隠居した今年は何もやることがない。喧騒《けんそう》をよそにひとりぼんやりしているのも落ち着かず、こっそり店をのぞいてみた。

すると、手代が三人も店に残っているではないか。たまらず店に飛び込むと、帳場《ちょうば》にいる番頭を叱《しか》りつけた。

「暮れに奉公人を遊ばせておくなんて、おまえはそれでも番頭か。いますぐ得意先を回らせて履物の注文を取らせなさい」

金に余裕のある者は新しい草履や雪駄を履いて新年を迎えようとする。せっかくの書き入れ時に何をしていると、太助は目を吊《つ》り上げた。

「うかうかしていたらよその店に先を越されるぞ。重太郎は何をしている」

「ご隠居様、お言葉ですが……」

「言い訳なら聞きたくない。だから、わしは隠居をしたくなかったんだ」

おまえたちに任せておけば、すぐに店が潰《つぶ》れてしまうと鼻息荒く文句を言えば、「おとっつぁん」と声がした。手代のひとりが重太郎を連れてきたとわかり、太助は勢いよく振り返る。

「重太郎、一刻も早く手代を得意先にやって新年の履物の注文を取らせなさい。でないと儲け損《そこ》なうぞ」

「おとっつぁん、あたしにはあたしの商売のやり方がある。これからはそういう押し売りまがいの商売はしませんよ」

「何だって」

「うちのお客に一年で履物を履きつぶすような貧乏人などいませんからね。代わりに、雪駄直しや下駄直しの職人を行かせています」

草履や雪駄は裏の皮を張り替え、下駄はすり減った歯を直す。そうすることで長く履き続けることができるけれど、それこそ貧乏人の考え方だろう。商人の考えではないと太助は一喝《いっかつ》した。

「馬鹿を言うなっ。新しい履物が売れなければ、浅田屋は儲からないんだぞ」

「だから何です。浅田屋はもう押しも押されもせぬ大店です。おとっつぁんこそいつまでも貧乏くさいことを言わないでくださいな」

思い上がった息子の言葉に、太助は怒りで身を震わせる。

貧乏人相手の商売がどんなものかも知らないで、何を言っているんだか。左前《ひだりまえ》になってから騒いでも客は買ってくれないぞ。

だが、これ以上店先で騒いでいれば、恥の上塗りになってしまう。太助は足音もけたたましくひとり離れに戻ったものの、誰も追ってこなかった。それが何とも情けなくて、芝神明宮《しばしんめいぐう》にでも行こうとしたら、

「ご隠居様、あたしは忙しいんですよ。いきなり供《とも》をしろと言われても困ります」

供を命じた女中は迷わず断りを口にする。太助は唖然《あぜん》としてしまった。

「何が『困る』だ。主人に出かけると言われたら、黙って供をするのが奉公人の務めだろう」

「浅田屋の主人はご隠居様じゃありませんし、これからご隠居様の下帯《したおび》と寝巻を洗わなくちゃいけません。冬の日は短いですから、寺社参りに付き合っている暇なんてありゃしません」

木で鼻を括《くく》ったような返事に太助はカッとなる。「何だと」と声を荒らげたが、それでも女中は怯《ひる》まなかった。

「今日は寒さが厳しいので、年寄りらしく炬燵《こたつ》でじっとしていてくださいまし」

「奉公人の分際《ぶんざい》で差し出がましいことを言うなっ」

「はいはい、申し訳ありません」

女中は口先だけの詫《わ》びを言い、洗うものを抱《かか》えて離れを出ていく。太助はあまりの情けなさに

女中を呼び止めることもできなかった。

隠居したとたん、誰も彼もわしを侮《あなど》りおって。こうなったら、自ら吟味《ぎんみ》してわしの言うことを聞く奉公人を新しく雇《やと》ってやる。このまま恩知らずの息子や奉公人の意のままになどなってたまるか。

太助はそう決心したが、口入れ屋を訪ねたことで親子の不仲が世間にばれたら、浅田屋の看板に傷がつく。唸《うな》り声をあげながら薄くなった頭を抱えたとき、ふと喧嘩《けんか》別れした昔馴染《なじ》みを思い出した。

そういえば、時三は口入れ屋の主人だったな。かれこれ二十年ほど会っていないが、やつはどうしているだろう。

太助は九つまで本所横網町の裏長屋に住んでいた。

その町内にやよいやという小さな口入れ屋があって、跡取り息子の時三は自分と同い年だった。子供ながらに四角四面《しかくしめん》な時三とよろずちゃっかりしている太助は喧嘩するわりに仲がよく、よく一緒に遊んだものだ。

ところが、太助の住んでいた長屋が火事で燃え、一家で芝口に引っ越したので、二人の距離は離れてしまった。それでも暇を見つけて顔を合わせていたのだが、浅田屋が尾張町に移ったところで二人の立場に差が生じた。

親から継いだ店を守るだけのおまえと違い、こっちは自分の才覚で婿入り先を大きくしたぞ。そんな自慢を口にしたことはないけれど、時三は顔を合わせるたびに「大したもんだ」と言ってくれた。

しかし、おちえが死んだとき、

――おちえさんも気の毒なお人だな。浅田屋が大きくなって、これからいい思いができるはずだったのに。おめぇも家付き娘の女房をもっと大事にすればよかったものを。

猪口《ちょこ》を片手に語られて、太助はカッとなった。

連れ合いを亡くして悲しむ相手におまえは追い打ちをかけるのか。だったら、こっちも遠慮しないと幼馴染《おさななじ》みを睨みつけた。

――そう言うおめぇの女房は三十路《みそじ》前に死んだじゃねぇか。そのせいでひとり息子も出来損なったんだぞ。

時三は器量よしの女房に惚《ほ》れ込んでいたが、三つの息子を残して二十九で亡くなっている。その女房によく似た忘れ形見《がたみ》を男手ひとつで育てたのに、時三の息子は前年に女と駆け落ちしていたのだ。

――俺の勧めに従ってちゃんと後添《のちぞ》いをもらっていれば、おめぇの倅も駆け落ちをするような親不孝者にならなかったに違いねぇ。

――てやんでぇ。俺も倅もてめぇが楽をするために女房をもらうような男じゃねぇや。おめぇと一緒にするなってんだ。

――何だ、その言い草は。俺は楽をしたいから、おちえと一緒になったと言いやがるのか。

――違うのか？　俺が病弱なお春《はる》と一緒になると言ったときも、「足を引っ張るだけの女はやめておけ」とうるさく言っていたじゃねぇか。刺繡つきの鼻緒が大当たりしたときだって「うちの女房は丈夫が取り柄だ」とこき使っていただろう。

なまじ付き合いが長いため、互いの弱みは知り尽くしている。売り言葉に買い言葉を重ねた果てに、「おめぇの顔なんざ二度と見たくねぇ」と喧嘩別れをしてしまった。その後はどちらも頭を下げないまま二十年が過ぎてしまった。

あのときは「時三の息子と違い、うちの息子は立派に育った」と喜んでいたんだが……いまとなっては目くそ鼻くそだな。

いや、老いてから裏切られたこっちのほうがはるかに痛手は大きいか。自分しかいない離れの中で、太助は自嘲《じちょう》めいた笑《え》みを浮かべた。

この年になれば、お互いいつお迎えが来るかわからない。いまなら女中を探すという口実もあるし、やよいやに足を運んでみるか。

太助はにわかにその気になり、意気揚々《ようよう》と離れを出た。

二

明けて七十五になる太助だが、足腰はまだ達者である。

若いころから休まず働き続けた甲斐《かい》あって、いまでも一里（約四キロ）くらいは平気で歩く。慣れない小僧が供のときは「もっとゆっくり歩いてください」と泣きが入るほどである。

だが、今日は供なしで大川を渡ることになる。冷たい川風に吹かれて風邪をひくのは御免《ごめん》だと、辻駕籠《つじかご》を使うことにした。

それにしても、時が経《た》つのは早いものだな。十年ひと昔と言うけれど、二十年だって過ぎてしまえばあっという間だ。

もちろん、その間に何もなかったわけではない。ご改革で冷え込んだ景気は松平定信《まつだいらさだのぶ》様が失脚した後もなかなかよくならなかった。浅田屋は履物屋だからまだしも、呉服《ごふく》や小間物《こまもの》は売れなくなって店がずいぶん潰れたものだ。

そして享和《きょうわ》から文化《ぶんか》の世となり、ようやく商いがしやすくなったところで、江戸は車町《くるまちょう》火事に襲われた。

三月四日の昼に芝車町から出た火は日本橋一帯から京橋《きょうばし》、神田《かんだ》、さらに浅草方面まで燃やし尽くし、噂《うわさ》では千二百人余りも死んだとか。あのときは尾張町の浅田屋も燃えてしまい、建て直すのに苦労した。その翌年には祭り見物の人出で永代橋が落ち、さらに大勢の人が亡くなった。

車町火事のときなんて、重太郎はあれこれ持ち出そうと欲張って逃げ遅れかけたじゃないか。わしが「何も持たずに早く逃げろ」と一喝してやらなければ、焼け死んでいたかもしれないぞ。

その後、店を建て直すときに隠居のための貯えを使ったから、さらに隠居が遅れたのだ。人から金を借りていたら利息が重くのしかかり、「貧乏くさいことを言わないでください」なんて口が裂けても言えなかったに違いない。

あのときの金が残っていれば、立派な隠居所を新たに構えることもできたのだ。太助が息子への恨みを改めて募《つの》らせている間に、駕籠は両国橋を渡り終えて広小路を抜け、横網町に到着した。

武家屋敷の多い本所は、盛り場を除けば静かなものだ。太助は駕籠かきに酒代《さかて》を渡すと、足取りも軽く歩き出した。

おや、この辺にうまい一膳飯屋《いちぜんめしや》があったはずなのに見当たらないな。酒屋も店の名が替わったようだ。

キョロキョロと周囲を見渡しながら、見覚えのある店を探す。だが、記憶のままの店は一軒もなく、やよいやも見つからない。

「おかしいな。わしが住んでいた長屋がそこだから、この辺《あた》りのはずなのに」

太助は眉間《みけん》にしわを寄せ、通りを行ったり来たりする。それでもやよいやの看板は見つからず、嫌な予感が頭をよぎった。

時三のやつ、さては店を畳《たた》んだのか。まさか、こっちが知らぬ間に死んでしまったんじゃなかろうな。

息子や嫁のいる自分と違い、時三はひとり暮らしである。誰にも看取《みと》られることなく息を引き取ることもあると気付いたとき、将棋《しょうぎ》の歩《ふ》をかたどった質屋の看板が目に入った。

そういえば、やよいやのそばには質屋があったような気がする。太助がその店の戸を開けると、番頭が振り向いた。

「いらっしゃいまし。今日はどのようなご用でしょう」

「すまんが、わしは客じゃない。この辺りにやよいやという口入れ屋があっただろう。その店がどうなったか教えてくれ」

遠慮がちに尋《たず》ねれば、番頭は笑いをこらえるように咳払いした。

「お客様、口入れ屋のやよいやさんはどうもなっておりません。いまも隣で商いをしております」

「だが、看板が出ていないぞ」

「やよいやさんは昔から看板がなく、軒下《のきした》に札《ふだ》が下がっているだけなのです。みなさん、その札を見落としてよくうちに来られます」

愛想《あいそ》よく説明されて、太助はようやく思い出す。昔「どうして看板を掲《あ》げない」と時三に文句を言った覚えがあった。

質屋を出て隣の軒下を確かめると、うす汚れた木札に「口入れ　やよいや」と書いてある。自分は間抜けにも目当ての店の前をずっとうろついていたらしい。

こんな木札じゃ、目の悪い年寄りは気付かんぞ。いい年をして、時三は何をしているんだ。

太助はすっかり腹を立てて、勢いよく腰高障子《こしだかしょうじ》を開けた。

「邪魔するぞ」

「いらっしゃいまし。奉公人をお探しですか」

打てば響くような女の声に太助は面食らう。そして、帳場格子《ごうし》に座っている人物に声をかけた。

「何だ、おまえさんは。時三に頼まれた留守番か」

だが、ただの留守番なら帳場格子に座るまい。

まさか、老いの孤独に耐えかねて若い後添いでももらったのか。うろたえる太助に櫛《くし》巻《ま》き髪の女は微笑《ほほえ》んだ。

「ひょっとして、祖父のお知り合いですか。はじめまして。あたしは時三の孫で、貫と言います」

信じられない相手の名乗りに太助は目を瞬《しばたた》く。老いで霞《かす》んだ目で見ても、お貫の顔には時三の面影《おもかげ》があった。

絶対に許さんと息巻いていたくせに、あの頑固者《がんこもの》も老いの孤独に勝てなかったのか。太助は少々意外に思いながら、ふんぞり返って名を告げた。

「わしは尾張町の履物屋、浅田屋の隠居で太助と言う。時三とは子供のころからの幼馴染みでな。久しぶりに訪ねてきたのだが、あいつはいまどこにいる」

時三に会ったら、息子夫婦を許したのかとせいぜいからかってやらなくては。それが無駄《むだ》に歩かされた意趣《いしゅ》返しだと思っていたら、お貫は申し訳なさそうに頭を下げた。

「あいにく、祖父はここにいないんです。二年前に隠居して、あたしがやよいやを継ぎました」

「どうして孫のおまえさんが。息子の春平はどうしたんだ」

まさか時三の息子は店を継がずに隠居したのか。ギョッとして問い返せば、お貫の眉がますます下がる。

「父はあたしが八つのときに亡くなりました。祖父は女のあたしに継がせたくなかったようですが、いろいろとありまして」

お貫はそこまで言ってから、「どうぞお上がりください」と太助に促《うなが》した。

「せっかく尾張町から訪ねてくだすったんです。何もありませんが、一服していってくださいまし」

太助はうなずき、履物を脱ぐ。

目の前の娘が八つのときなら、時三の息子は十年以上前に死んだのだろう。

もはや息子の顔はおぼろげだが、器量よしの母親に似た色男だったはずである。身体《からだ》も母親に似て弱かったに違いない。太助が昔のことを思い出していたら、お茶と煙草盆《たばこぼん》と手あぶりが差し出された。

「ご隠居様はうちの事情をどこまでご存じでしょう。あたしの父が親に逆《さか》らって駆け落ちしたことはご存じですか」

「ああ、ただし、時三とは二十年ほど会っておらんのだ」

正直に打ち明ければ、お貫は納得したようにうなずいた。

「祖父には祖父の言い分があると思いますけど、あたしは父から聞いたことしか知りません。それでもお聞きになりたいですか」

年に似合わぬ落ち着きぶりに面食らいつつ、太助が先を促す。お貫は一度目を伏せて、祖父と両親のことを語り出した。

お貫の母親は身寄りがなく、仕事を求めてやよいやに来た。そして、父と知り合って二人はいい仲になったらしい。

「ところが、祖父は二人の仲を認めない。そのうちにおっかさんがあたしを身籠《みごも》り、二人は駆け落ちしたんです」

だが、江戸中の口入れ屋には時三の手が回っていた。お貫の父は働きたくとも働けず、暮らしはどんどん苦しくなる。お貫の母はそんな暮らしに嫌気が差し、乳飲《ちの》み子《ご》を残して消えたという。

「祖父はそれを知って、おとっつぁんを笑ったそうです。そして、『赤ん坊を手放して戻って来い』と言ったとか」

太助はその場面を想像して、苦い思いが込み上げた。時三の息子はいつ、どんな思いで娘にその話をしたのだろう。

だが、時三の幼馴染みとしては無理もないと思ってしまう。時三の女房が死んだのは、息子が三つのときだった。以来、男手ひとつで育てたからこそ、時三は子育ての苦労を知っている。返事に困る太助をよそにお貫は話を続けた。

「でも、おとっつぁんはあたしを手放しませんでした。おとっつぁんの見た目に惚《ほ》れて言い寄ってくる女の手を借りて、あたしを育ててくれたんです」

お貫の父親は役者顔負けの色男で、こぶ付きでも貢《みつ》いでくれる女がいくらでもいたそうだ。とはいえ、徐々に数が減り、お貫が五つになったころにはひとりもいなくなったとか。

「貧乏暮らしが長引くと、嫌でも見た目は衰えます。でも、そのころにはあたしも知恵が付いていましたからね。近所のかみさんたちの同情を誘って、何とか食べることはできたんです」

しかし、父はだんだん寝込むようになり、お貫が八つのときに亡くなった。その後、時三に引き取られたという。

「おとっつぁんは己《おのれ》の死期を悟って、あたしのことを頼んでいたようです。あたしはじいちゃんの世話になる気なんてなかったのに」

話に熱が入るにつれて、お貫の言葉遣《づか》いが緩《ゆる》んでいく。太助は目の前の娘の若さを改めて感じた。

「だが、そのときおまえさんは八つだろう。ひとりで生きられるわけがない」

息子が父である時三を頼ったのは当たり前だ。呆《あき》れたように言い返せば、お貫が片眉を撥《は》ね上げた。

「お言葉ですが、あたしは五つのころから稼《かせ》ぎのないおとっつぁんに代わって、あの手この手で金を儲けてきたんですよ。それにおとっつぁんが早死にしたのは、じいちゃんのせいでもあるでしょう? そんな人の世話になるのが嫌で、すぐに住み込み奉公に出たんです」

奉公先の大黒屋は武家屋敷に奉公人を世話する口入れ屋だった。お貫はそこの主人に気に入られて、日々楽しく働いた。

しかし、二年前に大黒屋の主人から時三が店を畳むと教えられ、「やよいやを継ぎたい」と名乗り出たとか。

「うちのおとっつぁんは口入れ屋の息子なのに、仕事がなくて苦労しました。だから、あたしは仕事がなくて困っている人の力になりたかったんです。じいちゃんには嫌な顔をされましたけど、大黒屋さんの口添えで最後は承知してくれました」

お貫はそう言って子供のように舌を出す。思わず年を尋ねれば、「明けて二十三になります」と笑みを浮かべた。

「ご隠居様はじいちゃんと同い年ですか」

「ああ」

「なら、明けて七十五ですか。じいちゃんはいま関東の名だたる湯治場《とうじば》を回っているんです。ご隠居様も身体を大事にして、長生きなさってくださいまし」

幼馴染みの孫に身体を気遣われ、尻の据わりが悪くなる。自分の身内からこんな台詞《せりふ》を聞いたことがあっただろうか。

きっと、誰もが「早く死んでくれ」と思っているに違いない。太助が顔をしかめると、ためらいがちに声をかけられる。

「じいちゃんは近いうちに江戸に戻ってくるはずです。帰ってきたら、浅田屋さんにお知らせしましょう」

太助はその声で我に返り、もうひとつの用件を切り出した。

「そうしてもらえると助かるが、ここに来たのは時三に会うためだけじゃない。わしの世話をする住み込みの女中を探しているんだよ」

「でしたら、あたしがうかがいます」

お貫は笑顔で胸を叩《たた》き、すかさず帳面をめくり出した。

「でも、いまは住み込みを望んでいる人がおりません。うちは見ての通り小さな口入れ屋でございます。年内にお世話できるかどうかわかりませんが、それでもよろしいでしょうか」

暮れは何かと物入りのため、手っ取り早く金がもらえる日雇い仕事に就《つ》く者が増えるらしい。自分の周《まわ》りは生意気な女中ばかりとはいえ、人手がないわけではない。太助は笑顔で承知した。

「では、どういう女中をお望みか教えてくださいまし」

尋ねるお貫は顔を引き締め、硯《すずり》の上の筆を持つ。太助はその姿勢に満足して、「そうだねぇ」と腕を組んだ。

「まずは身元がしっかりしていること。昨今は何かと物騒だし、金でも盗まれたら大変だ。年は三十半《なか》ばまでの、一度聞いたことは忘れない働き者の女がいい。だからといって、わしが同じことを言うたびに『さっき聞きました』と言い返すような女じゃ困る。もちろん、言われたことをすぐにやらない怠《なま》け者は論外だよ」

「……なるほど」

「おしゃべりに夢中になって仕事の手が止まるような女は駄目だが、愛想のひとつも言えない無口な女も気に入らないね。見た目に注文を付けるつもりはないが、あまりみっともないのも考えものだ。毎日顔を合わせるんだから」

思いつくまま女中の条件を並べたところ、お貫はいつの間にか書き留《と》めるのをやめていた。

「つまり、ご隠居様は三十半ばまでの愛想がよく、言われたことは一度で覚え、何を言われても逆らわずによく働く、ついでに見た目が並み以上——そういう女中をお望みということでございますね」

お貫は筆を硯に戻し、こちらの言葉を確かめる。

ごく当たり前のことを言ったつもりだが、他人の口から聞くと何だか高望みをしているようだ。太助はにわかに気まずくなった。

「ご隠居様がよくできた女中をお望みなことはわかりました。誰だって察しの悪い鈍《どん》つくより、こちらの思いを先回りしてくれる奉公人のほうが楽ですからね」

「そ、そうだろう」

「特に年を取ると、ものの名が出てこないことが多くなります。『あれが欲しい』と言って、『あれじゃわかりません』と言うような女中は苛立《いらだ》つでしょう。それに奉公人なら愛想がよくて当然です」

「そう、そうなんだよ」

若くとも口入れ屋の主人だけあって、お貫はこちらの思いをきちんと汲《く》んでくれる。笑顔で身を乗り出すと、お貫も笑顔で「ですが」と言った。

「お店《たな》がいい人を雇いたいように、奉公する人間もいい仕事を選びたいんです。ご隠居様の望み通りの人がいたら、恐らく引く手あまたです。そんな人にとってご隠居様のお世話はいい仕事でしょうか」

小首を傾《かし》げて尋ねられ、太助は羞恥《しゅうち》を嚙《か》みしめる。口うるさい年寄りの世話なんぞ誰もやりたがらないと言うつもりか。

「女で見た目と愛想、ついでに物覚えもよかったら、一流の料理屋でも人気の仲居《なかい》になれるでしょう」

「………」

「それでも女中の条件を下げたくないとおっしゃるなら、せめて年五両くらい給金を弾《はず》みませんと」

「馬鹿を言うな。年寄りの世話をするだけで、そんなに金を払えるか」

年五両も払ったら、浅田屋の手代より給金が高くなる。目を剝《む》いて嚙みつけば、お貫は困ったように眉を下げた。

「でしたら、女中の条件をもっと下げていただかないといけません。多少のおしゃべりや口ごたえは我慢して、見た目のほうも」

「話にならんっ。わしは帰る」

とても最後まで聞いていられず、太助は憤然《ふんぜん》と店を出た。

愛想のいい働き者の女中なんて掃《は》いて捨てるほどいるはずだ。時三は愛想こそなかったが、客にあんなことは言わなかった。

まったく、どこも代が替わると駄目になるな。こんなことじゃ、お江戸の将来は真っ暗闇だよ。

雪駄を鳴らして先を急ぐも、膨《ふく》らんだ怒りは収まらない。

お貫のあの口ぶりでは、重太郎と同じように隠居した時三を邪険にしたに違いない。時三は店にいづらくなって、湯治場巡りをしているのだ。そう確信を持ったところで、嫌な予感が頭をよぎった。

さっき、お貫は「おとっつぁんが早死にする羽目になったのは、じいちゃんのせいでもある」と言っていた。さらに「湯治場巡りをしている」とも言っていたが、果たしてそれは本当なのか。無理やり店を取り上げて、用済みになった年寄りをどこかに閉じ込めているのでは……。

跡取りとして育てた重太郎ですら、父親を粗末に扱うご時世である。お貫は「時三が江戸に戻ったら知らせる」と言ったけれど、そんなの当てになるものか。太助は辻駕籠を捕まえるべく、東両国に向けて駆けだした。

三

世の十手《じって》持ちは破落戸《ごろつき》まがいの悪党か、お上の威光を笠に着る鼻持ちならない輩《やから》が多い。

だが、この界隈《かいわい》を縄張りとする「木挽町の親分」こと丑松《うしまつ》は、腕っぷしの強そうないかつい見た目とは裏腹に、人情味のある人物だ。横網町から浅田屋に戻った翌朝、太助は丑松を近くの茶店に呼びつけた。

「暮れの忙しいときにすまないが、急いで調べてほしいことがある」

挨拶《あいさつ》もそこそこに「横網町の口入れ屋、やよいやについて探ってくれ」と切り出すと、丑松は一瞬眉を寄せて「よござんす」と承知した。

「ご隠居さんには俺が下っ引きだったころから、さんざんお世話になってやす。お上の御用を脇にして調べさせてもらいやしょう。ところで、その口入れ屋とはどういった関わり合いがあるんです」

太助は尋ねられるまま自分と時三の仲や、昨日やよいやでお貫に会ったときの胸騒ぎをすべて伝えた。

「わしの取り越し苦労ならいいが、幼馴染みは若い孫娘に口入れ屋を継がせるような男ではない。初めて会ったお貫の言い分をとても鵜《う》呑《の》みにはできなくてね」

もし時三がやよいやを奪われた挙句《あげく》、どこかに閉じ込められていたら……最悪、殺されていたとしたら、このままにはして置けない。覚悟を込めて見つめれば、十手持ちの顔に緊張が走った。

「わかりやした。あっしに任せておくんなせぇ」

「手間をかけてすまないね。縄張りの外について調べるんじゃ、いろいろやりにくいこともあるだろう。これは少ないが、ほんの気持ちだよ」

薄くなった白髪頭を下げて、懐紙《かいし》に包んだ金を丑松の膝前《ひざまえ》に滑《すべ》らせる。十手持ちは遠慮せずに受け取った。

「正直、夏前に同じことを言われたら、二の足を踏んだかもしれません。本所は亀沢町の善八って悪党が長らく幅を利《き》かせていやしたから」

お上の十手をちらつかせて強請《ゆすり》を働く者の中でも、善八は特に質《たち》が悪い。一度食いついたら離れないため、「スッポンの善八」と呼ばれていたとか。

「やつの縄張りで動き回れば、絡《から》まれるのは目に見えていやす。まして浅田屋のように裕福な店の頼みと知られりゃ、どんな因縁《いんねん》をつけられたかわからねぇ。やつがいなくなった後で本当によござんした」

いま、あの辺りを縄張りにしているのは善八のような悪党ではないと言われて、太助は胸を撫《な》で下ろした。

「だが、スッポンの親分とやらはどうしていなくなったんだい。恨んだ誰かに仕返しでもされたのか」

丑松が恐れるほどの悪党なら、自ら十手を返上したりしないだろう。疑問を覚えた太助に十手持ちはニヤリと笑う。

「善八の野郎はとんだドジを踏んだんです。小料理屋で酔っ払った挙句、これまでやった悪事をべらべらしゃべっちまったんでさ」

しかも、そのときに限って町奉行所の与力《よりき》が同じ店にいたという。後日、善八に手札を与えていた同心は「お上の名を汚すような者を手先にするな」と強いお叱りを受けたとか。

「蛇《じゃ》の道は蛇《へび》、悪党を探るのは悪党のほうがうめぇとはいえ、俺たちは同心《だんな》方の手先にすぎやせん。その上の与力様に睨まれたら一巻の終わりでさ。方々で恨みを買っていた善八は仕返しを恐れて、江戸から逃げたようですぜ」

なるほど、これが天罰覿面《てんばつてきめん》、いや自業自得というものか。太助は納得した。

「まったく、悪いことはできないな」

「へぇ。十手を使ってうまい汁を啜《すす》っていた連中はみな震え上がりやした。もちろん、俺は違いやすがね」

「ああ、わかっている」

太助が芝口から尾張町に移ったのは、十手持ちの人柄も決め手だった。芝口にいたころは善八のように質の良くない輩の縄張りで、何かにつけて金を強請られていたのである。

商家はいざというときに備《そな》えて十手持ちとの付き合いを欠かさない。尾張町に移ってからは「仏の親分」と評判だった丑松の先代と親しく付き合い、十手を誰に譲るかという相談にも乗った。

義理堅い丑松に任せれば、すべてを明らかにしてくれるだろう。太助は「よろしく頼む」と念を押して茶店を出た。

そして、三日後の師走六日、丑松は浅田屋の離れにやってきた。

「ご隠居さん、お頼みの件を調べてきやした」

「おや、ずいぶん早かったね。まずは炬燵にあたっとくれ」

気が利く十手持ちは裏から離れに入ってきたが、こちらが何も言わないうちに女中がお茶を持ってきた。おまけに重太郎の言い付けなのか、なかなか立ち去ろうとしない。

いつもはそそくさといなくなるのに、どういう風の吹き回しだ。わしが十手持ちと手を組んで、悪だくみでもすると思ったのか。

太助はムッとして、仏頂面《ぶっちょうづら》で女中に命じた。

「お茶を出したら、さっさとお下がり。暮れは忙しいんだろう」

「ですが、お客様もおいでですし」

「用があれば呼ぶから心配ない。それとも、ここでのやり取りを聞いて来いと、誰かに命じられたのかい」

「いいえ、失礼します」

女中が顔色を変えて出ていくと、太助は十手持ちに煙草盆を勧める。丑松はお茶を一口飲み、腰の煙草入れから煙管《キセル》を引き抜いた。

「それでどうだった。時三は無事なのかい」

一番気になることを問えば、丑松は火皿に煙草を詰めて「落ち着いてくだせぇ」と苦笑した。

「やよいやの女主人はご隠居さんが案じていたような性悪女《しょうわる》じゃござんせん。そういう心配は無用でさ」

丑松はそう言って煙管を赤く燃える炭に近づける。そして、うまそうに煙を吐いてから、お貫について話し出した。

父の春平は身寄りのない娘との仲を時三に反対されて駆け落ちしたこと。しかし、駆け落ち相手はお貫を産むと姿を消し、春平に育てられたこと。

八つで時三に引き取られた後、住み込み奉公に出されたこと。奉公先は武家の奉公人を扱う大黒屋で、十年以上働いたこと。さらにその働きぶりを大黒屋の主人に気に入られて、やよいやを継いだこと——語られた内容は、どれもお貫の口から聞いた話と同じだった。

「口入れ屋の主人と言やぁ、煮ても焼いても食えねぇ狸《たぬき》か狐《きつね》が相場でさぁ。若い女に果たして務まるのかと、俺も怪しんでいたんですがね。お貫はいままでにない商売を始めたんですよ」

本所で赤ん坊が生まれると祝いに行き、「よその赤ん坊にも乳をやってもらえないか」と頼み込む。そして引き受けてくれた女の許《もと》には、女房を亡くした父親や乳の出の悪い母親が赤ん坊を抱いて来るという。

「感心なことに、やよいやはもらい乳の口銭《こうせん》を取らねぇとか。いまじゃ本所の産婆《さんば》たちが赤ん坊を産んだ母親にやよいやのことを教えているそうですぜ」

赤ん坊はある程度育つまで乳しか飲めない。お貫は乳飲み子《ちのみご》のときに母親が逃げたため、春平から「もらい乳の苦労」をさんざん聞かされて育ったようだ。

「乳がもらえねぇ子を抱える連中が助かるのはもちろんだが、乳をやるほうにとっても悪い話じゃありやせん。余った乳が金になるならありがたいと、進んで手を貸す女も多いようですぜ」

感心顔の丑松とは裏腹に、太助の眉間にしわが寄る。

赤ん坊が腹を空《す》かせていたら、乳をやって当然だろう。「そんなことで金を取るのか」と非難がましい言葉を漏らせば、丑松の目つきが険しくなった。

「自分の子と他人の子――二人の子に乳をやるとなれば、やるほうだって楽じゃねぇ。それに母親が貧しいと乳の出だって悪くなりやす。金をもらって当然でしょう」

「……………」

「やよいやの主人が助けているのは、赤ん坊と母親だけじゃねぇ。他の口入れ屋では相手にされない訳《わけ》ありの連中にも仕事の世話をしているようです。近頃じゃ『口入れ屋ならぬ口出し屋』と呼ぶ連中もいるようで」

「へえ」

「あっしも商売柄、昔の悪さが祟《たた》って働けねぇやつらを知っていやす。まっとうに年が越せるようにやよいやを教えてやりやすよ」

やたらとお貫を持ち上げられて、太助はだんだんイライラしてきた。

脛《すね》に傷を持つ連中が奉公先で悪さをすれば、口入れ屋の信用は地に堕《お》ちる。よろず慎重な時三はそんなやつらを決して相手にしなかった。

「つまり、いまの主人は先代の逆を行っているんだな。時三がそんな商売を認めるとは思えない。やっぱり、どこかに閉じ込められているんじゃないのか」

吐き捨てるように訴えれば、丑松が口をつぐむ。そして、がっかりしたような目で太助を見た。

「やよいやの女主人は赤ん坊や仕事がなくて困っている連中を助けようと、必死で頑張っているんですぜ。そんなやさしい娘が血の繋《つな》がったじいさんを閉じ込めたりしやせんよ」

「いいや、お貫は親に逆らって駆け落ちした息子の子だぞ。両親の仲を認めなかった時三を恨み、仕返しをしたっておかしくない」

自分の悪事を隠すため、表向き善人ぶっているだけだ。したり顔でうそぶくと、丑松は嘆息《たんそく》した。

「俺の言うことが信じられねぇなら、これ以上言っても仕方がねぇ。後は自分の目で確かめてみてくだせぇ」

太助は慌《あわ》てて引き止めようとしたけれど、丑松はそのまま離れを出ていく。当てが外れた太助は自らやよいやを見張ることにした。

丑松親分は人がいいから、あの女の外面《そとづら》に騙《だま》されたんだ。こうなったら、わしがあの女の本《ほん》性《しょう》を暴き、時三の居場所を突き止めてやる。

翌日、意気込みも新たに横網町へ出かけた太助は、質屋の向かいの蕎麦《そば》屋からやよいやを見張ることにした。しかし、蕎麦を食べ終えても、やよいやには誰も来ない。太助はやむなくお代わりを頼んだ。

親分はほめていたけれど、ちっとも客が来ないじゃないか。まともな看板も出さないで商売がうまくいくものか。

そのうち昼が近くなり、蕎麦屋はだんだん混んでくる。お代わりも食べ終えた太助は周囲の非難がましいまなざしに耐え切れず、金を払って店を出た。

ここで帰ってしまったら、蕎麦代が無駄になる。客が来るまで見張っていようと、蕎麦屋の角の天水桶《てんすいおけ》の陰に隠れた。

しかし、温かい店の中と違い、容赦《ようしゃ》なく北風が吹き抜ける。太助が寒さに震えながらやよいやを眺めていると、昼九ツを過ぎたところでようやく客がやってきた。その男はひどく思い詰めた顔つきの上、身なりも物乞《ものご》い同然である。そして、さんざんためらってからやよいやの戸を開けた。

ありゃ、どう見ても訳ありだな。丑松が言っていた通り、お貫はあんな連中も相手にするのか。

だが、あんな男を紹介されたら、自分は二度とやよいやに奉公人を頼まない。どうなることかと思いつつ天水桶の陰で待つことしばし、入る前とは打って変わって別人のような明るい顔の男が出てきた。きっと仕事を紹介されたに違いない。

――うちのおとっつぁんは口入れ屋の息子なのに、仕事がなくて苦労しました。だから、あたしは仕事がなくて困っている人の力になりたかったんです。

面と向かってお貫の考えを非難する者はいないだろう。

だが、正しいことは往々にして儲からないし、店を潰すこともある。

わしだって最初は重太郎と同じように押し売りめいたことはしたくなかったが、客の都合を考えていたら、店を大きくすることはできんのだ。商人が己の利を優先して何が悪い。

誰にともなく心の中で言い訳したとき、肉付きのいい女が駆けてきてやよいやに飛び込んだ。

どうやら、同じ長屋のかみさんが乳飲み子を残して亡くなったらしい。悲哀のこもった甲高《かんだか》い声が太助の耳にも聞こえてきた。

「亭主は女房の亡骸《なきがら》に縋《すが》って動かないから、あたしがここに来たんだよ。三笠町《みかさちょう》の近くで、今日から乳をもらえるあてはあるかい」

答えるお貫の声は聞こえなかったが、ややして女が飛び出してきた。その迷いのない足取りからして乳をくれる女がいたのだろう。

――やよいやの女主人はご隠居さんが案じていたような性悪女じゃござんせん。そういう心配は無用でさ。

不意に丑松の声がよみがえり、寒さに震えながら見張っているのがだんだん馬鹿らしくなってきた。

本当は丑松の話を聞いて、九分九厘《くぶくりん》自分の邪推は的外《まとはず》れだとわかっていた。それでも認めなかったのは、時三の孫娘のほうが自分の息子よりはるかに商才があるなんて認めたくなかったからだ。

だが、この目で見てようやくあきらめがついた。もう帰ろうと思ったとき、見たこともない美人がやよいやに入っていく。

まさか、あんな美人まで仕事を探しているというのか。太助が呆然《ぼうぜん》としているうちに女はそそくさと店から出てきて、なぜかこっちに寄ってきた。

「おじいさん、さっきからそんなところで何をしているのさ。ひょっとして具合でも悪いのかえ」

作り物めいた美しい顔が目の前に迫り、太助はゴクリと唾《つば》を呑む。「鼻緒ずれを起こしただけだ」としどろもどろに言い訳すれば、女はちらりと下を見て、「ふうん」と意味ありげに呟《つぶや》いた。

「立派な足袋を履いているのに、鼻緒ずれとは気の毒だねぇ。今日は冷えるし、せいぜい気を付けて帰るんだね」

そのからかうような笑みに魅せられて、太助は年甲斐《としがい》もなくのぼせてしまった。慌てて立ち上がり、去ろうとする女を呼び止める。

「おまえさんは仕事を探しているんだろう。よかったらうちで働かないか」

この顔を毎日眺めていられたら寿命も延びるというものだ。「給金も弾む」と続ければ、女が笑みを消して振り返った。

「おや、あたしのような得体《えたい》の知れない女を雇って、本当にいいんですか。何があっても知りませんよ」

目に怪しい光を宿らせて女は静かに問いかける。太助はなぜか真剣を喉元《のどもと》に突きつけられたような気分になった。

おちえが死んだ後も妾《めかけ》を囲ったことはないが、人並みに女遊びはした。だからこそ、目の前の女は危険だと頭の中で半鐘《はんしょう》が鳴る。

こんな女を女中にすれば、息子や奉公人もおかしくなる。誰もが女の気を惹《ひ》こうとして、商いどころではなくなるだろう。

それでも、太助の舌は震えるだけで動かない。危険だとわかっていても、二度と会えなくなるのは嫌だ。そんな思いに縛《しば》られて、「いまの申し出はなかったことにしてくれ」と告げられない。

すると、女は顎《あご》を突き出し、下駄を鳴らして立ち去った。その後ろ姿が完全に見えなくなってから、太助は金縛《かなしば》りが解けたように大きく息を吐き出した。

あんな女と知り合いだなんて、お貫はやはりただ者ではない。思わず額《ひたい》の冷や汗を拭《ぬぐ》ったとき、聞き覚えのある声がした。

「やっぱり、太助さんじゃないか。こんなところで何をしている」

振り向けば、手甲《てっこう》に脚絆《きゃはん》をつけた旅姿の時三が立っていた。

四

二十年ぶりの再会に、太助は自分のことを棚に上げて「時三はずいぶん老《ふ》けたな」と思った。見るからに頑固そうな顔には深いしわが刻まれて、しみも目立つ。髪もすっかり白くなり、文字通りのちょんまげだ。

そのくせ旅装束《たびしょうぞく》に包まれた腰はぴんと伸びている。嫉妬《しっと》と安堵《あんど》に揺れながら、太助は同い年の幼馴染みに歩み寄る。

「そっちこそ、どうしてそんな恰好《かっこう》をしている」

「俺はいま箱根《はこね》から戻ったところなんだ。それより、おめぇはどうしたんだ。坊主も走る師走といやぁ、大事な書き入れ時だろう」

小さいとはいえ、長年商家の主人だった時三だ。普段はもっと丁寧《ていねい》な言葉遣いをしているはずなのに、幼馴染みが相手だと子供のころに戻るらしい。

太助は相手の問いに答えないまま、時三を強引に辻駕籠に乗せて浅田屋の離れに連れ帰った。

「太《たい》さんはいくつになってもせっかちだな。俺は半年ぶりに江戸に戻ったばかりだぞ。ちったぁゆっくりさせろってんだ」

太助の着物に着替えた時三は幼馴染みを睨みつける。太助も負けじと言い返した。

「てやんでぇ。こっちはおめぇの姿が見えねぇから心配していたんだぞ。断りもなく駆け落ちした息子の子に店を譲りやがって」

おかげでこっちは幼馴染みの無事を確かめるべく、やよいやを見張る羽目になったのだ。恨みがましく文句を言えば、時三に鼻で嗤われた。

「昼日中にそんなことができるってこたぁ、おめぇも隠居したってことか。重太郎は若旦那のまま死んじまうかと案じていたが、主人になれてよかったな。あの世のおちえさんもホッとしているに違いねぇ」

相変わらずの口の悪さに太助の胸がささくれる。子供のころから時三はよくこういう嫌みを口にした。

「余計なお世話だ。おめぇこそ、らしくねぇじゃねぇか。いくら唯一《ゆいいつ》の身内でも孫娘にやよいやを譲るなんて」

自分の知る幼馴染みなら、若い女を口入れ屋の主人にはしないはずだ。すると、相手は忌々《いまいま》しげに吐き捨てた。

「俺だって継がせる気はなかったが、大黒屋万平にごり押しされたんだから仕方がねぇ。こんなことになるとわかってりゃ、あいつを大黒屋にやったりしなかったぜ」

大事なひとり息子の最期の頼みを断り切れず、時三はお貫を引き取った。

幸か不幸か子育ては息子のときに経験している。ちゃんと面倒を見るつもりだったのに、本人が時三と暮らすことを嫌がったという。

「誰に似たのか知らねぇが、自分の食い扶持《ぶち》は自分で稼ぐと生意気なことを言いやがる。俺もさすがに腹を立てて、強面《こわもて》揃いの大黒屋で下働きをさせることにしたんだよ」

どんなに意地を張ったところで、親を亡くしたばかりの子供である。すぐに泣きついてくると思ったが、予想に反して大黒屋に居ついてしまった。大黒屋の主人にも気に入られて十年以上奉公を続けたそうだ。

「考えてみりゃ、春平も筋金入りの意地っ張りだった。あれほど甘やかしてやったのに、まったく当てが外れたぜ」

付け加えられた呟きに太助は胸が痛くなる。

目の前の幼馴染みがどれほど恋女房の忘れ形見を大事に育てていたことか。その事実を知っているのは、もはや自分だけだろう。

「なぁ、どうして春平と惚れた女を一緒にさせてやらなかった。女は身寄りがなかったそうだが、やよいやは嫁の家柄だの、釣《つ》り合いだのと、こだわるような店じゃねぇはずだ」

太助は息子の嫁に大店の娘を迎えたが、それは浅田屋が大店になったからだ。本所の小さな口入れ屋とは話が違う。

「春平に甘いおめぇが最後まで許さないなんて、どういう事情があったんだよ」

駆け落ちした当初から繰り返し尋ねたものの、時三は口を割らなかった。今度こそ話してもらうと身を乗り出せば、時三は嫌そうな顔をする。

「いまさら、どうだっていいじゃねぇか」

「どうでもよくないから聞いている。おめぇが白状しねぇなら、木挽町の親分にお願いしてお貫の母親について調べてもらうぞ」

脅《おど》し混じりに問い詰めると、時三はとうとう観念したらしい。あきらめたように天を仰《あお》いだ。

「そうまで言われちゃ仕方がねぇ。俺が反対した本当の理由を教えてやる。ただし誰にも言うんじゃねぇぞ」

「ああ、約束する」

間髪容《かんはつい》れず答えれば、時三がため息混じりに白状した。

「春平が惚れた女はな、島送りになった罪人の娘なんだよ」

酔って大喧嘩をした挙句、相手を殺した罪で八丈島《はちじょうじま》に送られた男の娘――それがお貫の産みの母だと言われて、太助は息を呑んだ。

「その女はお久《ひさ》と言って、仕事を求めてやよいやに来た客だった。おとなしそうな見た目の口数の少ない娘だったが、身寄りがないと言うだけで詳《くわ》しい素性《すじょう》を明かさねぇ。俺が根掘り葉掘り尋ねたら、とうとう父親が人を殺して八丈に送られたと白状した。おめぇも知っての通り、うちは身元が確かな客しか相手にしねぇ。その場でお久を追い払おうとしたんだが、春平が反対してな」

——父親が罪を犯したからって、娘に罪はないでしょう。奉公先を紹介できないなら、うちで雇ってあげればいい。

甘やかして育てたせいか、春平はやさしい男だった。お久に同情してあれこれ世話を焼いた挙句、二人は深い仲になってしまったそうだ。

「だから、お久が身籠ったと言われても許すわけにはいかなかった。口入れ屋にはいろんな人間が出入りする。お久の素性を知るやつが現れて、スッポンの善八のような悪党に目をつけられたら……やよいやはおしまいだ」

春平や生まれた子供だって一生後ろ指を指されるだろう。時三が心を鬼にして「腹の子を流して、お久とは別れろ」と命じた晩、二人は駆け落ちしたという。

「それでも、苦労知らずの春平のことだ。貧乏暮らしに耐えられず、すぐに帰ってくると思っていた。ところが、予想に反して帰ってこない。だからお久が子を産んでひとりで逃げたと知ったときは、俺は正直ホッとしたのさ。赤ん坊さえ手放せば、すべてなかったことにできる。春平はやよいやに戻って嫁をもらい、一からやり直せると思ったのによ」

時三は消え入りそうな声で言い、うつむいて顔を手で覆《おお》う。

太助は言葉もなく見つめることしかできなかった。春平は時三に大事に育てられたからこそ、生まれたばかりの我が子を手放せなかったのだろう。

もし重太郎がそんな女と一緒になりたいと言い出したら、自分も決して許さない。「その女と一緒になったら勘当《かんどう》する」と怒鳴《どな》りつけたはずだ。

罪を犯したのは父親で、娘には何の罪もない——そう口にすることは簡単だ。しかし、世間はいつだって人の粗《あら》を探している。まして商人は常に信用と損得を考えて生きている。太助はたまらず尋ねた。

「お貫はそいつを知っているのか」

「……母親が人殺しの子だなんて、わざわざ教えなくともいい」

時三はさんざんためらってから、ため息と共に吐き捨てる。幼馴染みの不器用なやさしさに太助は奥歯を嚙みしめた。

子供のころならいざ知らず、いまのお貫なら時三の気持ちがわかるはずだ。とはいえ、春平が親に従っていれば、お貫はこの世に生まれていない。

もつれてしまった因果の糸を解くことは難しい。やり切れない思いで冷めてしまったお茶を飲めば、時三が急に話を変えた。

「俺はともかく、おめぇは本当に大したもんだな。建て直した店の前は何度か通ったが、こんなに立派な離れがあるとは思わなかったぜ」

強《し》いて明るい声を出し、部屋の中をぐるりと見回す。太助は驚いて腰を浮かせた。

「おい、この店に来たことがあったのか」

火事で店が燃えたのは、互いの行き来が絶えた後のことである。まさか、時三が案じていると は思わなかった。

「そう驚かなくてもいいだろう。おめぇがどれほど出世しようと、俺にとっては駆けっこの速《はや》かった幼馴染みの太ちゃんだ。いくつになっても気になるさ」

照れ隠しで顎を突き出す癖《くせ》は子供のころから変わらない。そのしぐさが呼び水となり、太助は人生を振り返る。

他人から見れば、自分は十分に恵まれた人生だっただろう。

だが、おちえが死んでから「幸せだ」と思ったことがあっただろうか。

親子三人で芝口にいたころは、店は小さくとも夢はあった。おちえはいつも鼻緒と針を握っていたが、表情は明るかった。息子も近所の子供らに「うちのおとっつぁんはすごいんだぞ」と誇らしげに言っていた。まさか夢がかなってから息子に邪険にされるなんて夢にも思っていなかった。

幸せという名の山は、上を目指して登っているときが一番楽しいものらしい。頂上に着いてしまったら、後は下ることしかできない。その証拠に遠い昔を遡《さかのぼ》れば、思い出は色鮮《あざ》やかになる。

この年になっても昔のことを語り合える幼馴染みがいてよかったと、太助は心の底から思った。

「こっちもおんなじだ。おめぇのことが気になって久しぶりに会いに行けば、見たこともねぇ孫娘が『じいちゃんは湯治場巡りをしている』と言いやがる。一体何があったのかと、心配して当然だろう」

あえて責めるような口調で言えば、時三は口をへの字に曲げた。

「俺だって好きで江戸を離れたわけじゃねぇや。お貫のそばにいると、どうしても口を出したくなるからな」

では、お貫に邪険にされる前に自ら遠ざかったのか。目を丸くした太助に幼馴染みは顎を掻《か》く。

「俺はいままでと違う商いなんてできねぇが、お貫の度胸と人を見る目は大黒屋万平のお墨《すみ》付きだ。もう俺の出る幕なんてありゃしねぇ」

「だが、やよいやはおめぇの店なんだぞ。おめぇを恨んでいる孫娘の自由にさせて構わないのか」

「もちろんだ。それに何かあったとしても、お貫の後ろには黒万がいる。十手持ちに絡まれたって何とかしてくれるだろう」

黒万とはお貫の奉公先だった大黒屋の主人の別名だ。

しかし、さっきは大黒屋に奉公させたことを後悔していなかったか。何だか妙な話だと太助は眉をひそめて考え込み——不意にすべてがつながった。

——誰に似たのか知らねぇが、自分の食い扶持は自分で稼ぐと生意気なことを言いやがる。俺もさすがに腹を立てて、強面揃いの大黒屋で下働きをさせることにしたんだよ。

時三は「生意気な孫娘をこらしめるために大黒屋を選んだ」と言っていたが、それはあくまで表向き。本音《ほんね》は五つにして父の代わりに金を稼いでいたというお貫を黒万が気に入ることに賭《か》けたのだ。

いまどきの旗本は最低限の奉公人しか抱えていない。登城やその他のお役目で中間《ちゅうげん》や小者《こもの》が必要になったときは、口入れ屋からそのときだけの人を雇う。黒万を怒らせれば、旗本としての面目《めんぼく》が保てない。

町人は町方同心に逆らえないが、町方同心は旗本に手が出せない。その旗本は黒万の顔色をうかがっている。お貫が人殺しの血を引いていても、黒万ならば守ってくれると奉公に出したのだろう。

何が「こんなことになるとわかってりゃ、あいつを大黒屋にやったりしなかった」だ。多少筋書きは違っても、おまえの望み通りになったじゃないか。

太助が心の中で毒づいたとき、食えない幼馴染みがニヤリと笑った。

「おめぇもようやく隠居したし、これからは俺が隠居の心得《こころえ》を教えてやる。いいか、一番肝心《かんじん》なのは余計な口出しをしないことだ」

いまさっき「大したもんだ」と言った舌の根も乾かぬうちに、ふんぞり返って何を言う。太助は時三の顔を睨みつけた。

「ふん、そう言うおめぇの孫は『口入れ屋ならぬ口出し屋』と世間で呼ばれているそうだぞ」

「何だって」

半年ぶりの江戸というだけあって、お貫の近頃の呼び名は知らなかったらしい。顔色を変えた時三を見て、太助はようやく溜飲《りゅういん》を下げた。

注・本書は、月刊『小説ＮＯＮ』（小社発行）令和七年四月号に「その一　ふりだし」を掲載し、「その二」以降を書下ろしたものです。

――編集部

切りとり線

あなたにお願い

この本をお読みになって、どんな感想をお持ちでしょうか。次ページの「100字書評」を編集部までいただけたらありがたく存じます。個人名を識別できない形で処理したうえで、今後の企画の参考にさせていただくほか、作者に提供することがあります。

あなたの「100字書評」は新聞・雑誌などを通じて紹介させていただくことがあります。採用の場合は、特製図書カードを差し上げます。

次ページの原稿用紙（コピーしたものでもかまいません）に書評をお書きのうえ、このページを切り取り、左記へお送りください。祥伝社ホームページからも、書き込めます。

〒一〇一―八七〇一　東京都千代田区神田神保町三―三
祥伝社　文芸出版部　文芸編集　編集長　金野裕子
電話〇三（三二六五）二〇八〇　www.shodensha.co.jp/bookreview

◎本書の購買動機（新聞、雑誌名を記入するか、○をつけてください）

＿＿＿新聞・誌の広告を見て	＿＿＿新聞・誌の書評を見て	好きな作家だから	カバーに惹かれて	タイトルに惹かれて	知人のすすめで

◎最近、印象に残った作品や作家をお書きください

◎その他この本についてご意見がありましたらお書きください

100字書評

口出し屋お貫

住所

なまえ

年齢

職業

中島 要（なかじま かなめ）
早稲田大学卒業。2008年、「素見《ひやかし》」で小説宝石新人賞を受賞。若き町医者を描いた初長編『刀圭』と、受賞作を含む短編集『ひやかし』が好評を集める。祥伝社文庫既刊に『江戸の茶碗』『酒が仇と思えども』『吉原《なか》と外』。著書に「着物始末暦」「大江戸少女カゲキ団」シリーズ、『神奈川宿 雷屋』『誰に似たのか』『産婆のタネ』などがある。

口出《くちだ》し屋《や》お貫《かん》

令和 7 年 4 月 20 日　　初版第 1 刷発行

著者———中島《なかじま》 要《かなめ》
発行者——辻 浩明
発行所——祥伝社《しょうでんしゃ》
〒101-8701　東京都千代田区神田神保町 3-3
電話　03-3265-2081（販売）　03-3265-2080（編集）
03-3265-3622（製作）
印刷———萩原印刷
製本———ナショナル製本

ISBN978-4-396-63678-4　C0093
祥伝社のホームページ　www.shodensha.co.jp